U0932849

李锡胤◎著

黑龍江大學出版社

540

图书在版编目（CIP）数据

霜天星影 ： 李锡胤诗稿 / 李锡胤著 . -- 哈尔滨 ： 黑龙江大学出版社， 2015.2（2021.8 重印）
ISBN 978-7-81129-792-8

Ⅰ. ①霜… Ⅱ. ①李… Ⅲ. ①诗集－中国－当代 Ⅳ. ① I227

中国版本图书馆 CIP 数据核字（2014）第 190153 号

霜天星影：李锡胤诗稿
SHUANGTIAN XINGYING：LIXIYIN SHIGAO
李锡胤 著

责任编辑 罗 艺
出版发行 黑龙江大学出版社
地 址 哈尔滨市南岗区学府三道街 36 号
印 刷 三河市春园印刷有限公司
开 本 720 毫米 ×1000 毫米 1/16
印 张 16.75
字 数 336 千
版 次 2015 年 2 月第 1 版
印 次 2022 年 1 月第 2 次印刷
书 号 ISBN 978-7-81129-792-8
定 价 48.00 元

李锡胤，一九二六年生于浙江绍兴，当代语言学家、俄语名家、辞书专家、资深翻译家。终身享受国务院政府特殊津贴专家。黑龙江大学首届资深教授。一九五〇年起任研究员，一九八七年起任博士研究生导师。二十世纪四十年代他先后就读于复旦大学英文系、浙江大学龙泉分校、台湾省立师范学院英文专修科、燕京大学社会学系。一九五〇——一九五二年于哈尔滨外国语专门学校学习俄语，毕业后留校，由此开始了俄语教学、研究、词典编写的工作。参加编写《俄汉成语词典》、《现代俄语语法》，翻译《俄语语法》。一九五八年哈尔滨外国语学院改组为黑龙江大学，李锡胤先后担任编译室副主任、辞书研究所所长，参与编写了获首届国家辞书奖的《大俄汉词典》、具有国际影响力并获第四届国家图书奖的《俄汉详解大词典》，以及《俄语同义词例解》、《俄汉译解大词典》等重要俄语工具书，审订《苏联百科词典》（中译本）。翻译作品有《聪明误》、《伊戈尔出征记》、《老人与海》、《现代逻辑》、《翻译算法》、《俄罗斯抒情诗百首》（合译）、《伊诺克·阿登》。受家庭影响，酷爱中华传统文化，精习古诗词，爱好书法篆刻，著有诗集《霜天星影》。一九九五年获俄罗斯国际俄语教师会颁发的普希金奖章，先后被评为哈尔滨市劳模、黑龙江省劳模、国家级优秀教师，曾任第七、第八届全国人大代表，二〇〇六年荣获首届辞书事业终身成就奖。

本书在原《霜天星影》的基础上，整理了以往未收录的诗稿，更增补了作者近年新作，书后附有短文，饱含作者对前贤、先师、故友、同窗等的深情厚谊，以及对青年才俊的殷切鼓励。

卷首寄语

丁尼生的诗有一部分激昂慷慨，十分动人。我已进入晚年，尤爱他的一节诗：

我已逐年变老，
但最好的日子还未来到。
我们的命运听上帝安排，
他说：前半生只是一半光阴，
别胆怯，
直面完整的生命。

目录

附　短文

寄梓衍

一九四八年，北平清华园

繁星细语夜云开，绰约嫦娥送影来。
遥指池莲微祝曰：人间色相伴清才！

唐梓衍正在恋爱中；后闻女方病甚，犹诵此诗。

元宵大雪感赋

一年初遇团圆日，便让异花掩乾坤。
自惜雄心销欲尽，满襟清泪对假名。

一九四八年作于上海东南中学，当时日寇侵入公共租界，强迫中学生学日语。

读杜少陵集

一九五〇年，哈尔滨

忆昔山村避乱时，吟公七律嗜如痴：
登临我亦愁多难，漂泊谁能寄一枝？
终教寇盗净兵甲，不复英雄悲出师。
假我时光三百岁，明窗读破少陵诗。

抗日战争时期，避难山村，颇读杜诗。

端阳节

一九五〇年

客里年年愁度节，惊心今日又端阳。
艾旗遥忆琉璃绿，蒲酒终输琥珀光。

欲纫幽兰当佩玉，故栽离忧吊沉湘。
鉴湖遥想龙灯舞，共趁南风祝小康。

送素安姊返杭

一九五五年

哈尔滨站候车台，今日送君心转悲。
但祝江南吹到便，白头相敬案齐眉。

观电影《桃李劫》

一九五六年，哈尔滨

不为伤春兼伤别，廿年涕泪此歌词。
沪宁委敌武昌陷，风雨飘摇毕业时。

山花

一九五八年，帽儿山上

群山环抱此峰高，云雾轻微湿树梢。
极爱山花红欲滴，不避风雨伴岧峣。

读《吕碧城集》

一九六四年

春风夜雨漫谈兵，词赋管弦误碧城。
莫道青闺辽海远，凤仙原不为功名。

呈茅盾同志

一九六四年，北京

高秋银汉烂成章，起看文星更有光。

我识先生于子夜，飘摇风雨正茫茫。

少年读《子夜》于抗战烽火之中。

枫叶

一九六五年，丰城

不见江南枫叶红，廿年来复梦魂中；

今朝重睹秋容好，喜与贫农劳逸同。

踏水

一九六五年，丰城

软尘久矣隔天然，踏水田头恣饱看：

红树白云染秋色，鹅塘篱落认江南。

贫农老大娘诉苦（二首）

一九六五年，丰城

听君旧事到深更，话到伤心话不成。

膝下女儿乳下子①，沿门腊月乞残羹。

①江西『子』读作zǎi。

如今华发已年残，绕膝群孙承欢颜——

不是当年解放了，不甘求死求生难！

颂毛主席

一九六五年

二十年前一战场，喜看今日日重光。

运筹持久操优胜，战略全民尽武装；
炸弹淫威纸裁虎，工农团结铁成墙。
重奔万里长征路，十亿神州奋自强！

至江西丰城参加『四清』，过武昌晤李格非教授

一九六五年

暮霭衔山过武昌，多君迎送问行装。
四清囊橐无多物，一片丹心到剑光①。

①丰城旧称剑光。

观雷焕剑匣

一九六五年，江西丰城

化龙神剑事难论，遗匣依稀证旧闻。
今日中华形势好，何如飞起射妖魂？

山行

一九六五年，丰城

朝阳如泼山如洗，丛竹深青柏暗红。
见惯皑皑千里雪，江南颜色倒嫌浓。

读焦裕禄同志事迹

一九六六年，丰城

不废江河流日夜，为民生死见丹心。

临编无限高山意：可许万分学一分？

『文革』中，春日公园枯坐有感

一九六八年，北京

少年辟佛笑虚空，今日虚空漫袭胸；
丝竹声酣悲寂寞，夭桃艳发感秋风。

偶成

一九七〇年，河南明港

文章今古轻烟若，语学中西薄梦同。
安得此生真石火，优昙开落太从容。

文批武斗日嚣尘，且喜深宵万籁沉。

展卷暂忘身是蝶，搴帷故放月窥人。

除夕

一九七一年，明港

遥夜微闻爆竹疏，惊心又是一年除。
窗前漫舞行消雪，灯下难牵欲逝裾。①
风大直吹慈帏烛，水深谁托故人书！
忽然破涕还成笑，亦是今生第四余。②

①西谚：Où sont les neiges d'anten?（去年白雪何在？）英诗：I see the skirt of the departing year.（我看见行将逝去的旧岁之裙裾。）②母老病，师友多处逆境。

东篱

一九七一年，明港

东篱随分折残枝，瓶水清清日色迟。
淡影寒香伴我坐，此身又到少年时。

鹧鸪

一九七一年，明港

风噎雾咽失参差，不唱嘤嘤求友诗。
乍听『哥哥行不得』，此身又到少年时。

蔷薇

一九七一年，河南明港

象牙谁把镂芳菲？婀娜千枝举欲飞。

消我胸中尘土尽，二更明月赏蔷薇。

长江

一九七二年

拍拍群鸥翅体轻，长江无际水盈盈；
千帆都在朝阳里，指顾东方万里行。

别天坛

一九七二年

绿浮天坛夏正深，重来踪迹费重寻。
蝉声揉碎高松影，恍诉前生向后身。

从河南干校调回哈尔滨，经北京。

大雪

一九七二年

漫天风雪我归来，玉树银花一路开。

生惜仇英吴下老，只从青绿逞奇才。

返哈尔滨途中大雪。

呈丁声树、吕叔湘、李荣诸公

一九七三年元旦，哈尔滨

京尘十载化缁衫，惭愧仞墙未可攀。

语学新年思老辈，诸多题目待开山。

由哈飞穗，参加词典工作会议

一九七五年

万丈云涛别样轻，冷然月胁此南征。

何当报捷重经过，不负高天日正明。

周恩来总理批示召开此会，对辞书十分关怀。

岁暮怀李三阳

一九七五年

总角故人鬓俱丝，暮年相见料无时。

他生疏雨凉风里，豆架瓜棚再读诗。

弱冠同游，曾有诗赠我：『南瓜棚下看小说，夏听滂沱秋淅沥。』

抗日战争胜利二十周年

一九七五年

二十年前一战场，欣看今日日重光。
运筹持久操优胜，战略全民有武装。
炸弹淫威纸裁虎，工农团结铁成墙。
瓣香敬祝韶山寿，祖国金汤万世昌！

敬挽周恩来总理

一九七六年

一代盐梅百代风，兜鍪政事瘁英躬。
崔巍不待黄金铸，铸在万民心目中！

百年开济劳心血，世纪雄图望指麾。
遗骨成尘公不死，飞扬大地作风雷。

敬挽朱德总司令

一九七六年

南昌枪影井冈烽，延水怒涛洗血腥。
五十年间身百战，论功真可比长城。

梦回

一九七六年

分明化蝶趁微风，梦觉江南认未清；
曙色弄窗明若刻，可真叶底有流莺？

南柯子——呈周昌枢先生

一九七六年

一别真容易，回头十五年，当时漫说赋千篇，衣化京尘蚕老欲三眠。

申浦故人在①，遥知白发添。新词读罢思连绵②，快把龙沙雪意寄江南③。

①王季愚院长寓沪上。②周先生惠『南柯子』一首。③一九六一年送先生返沪有句：『订交拟赋诗千首，惜别难倾酒百杯。』

老来

一九七六年

老来不作首丘想，无故稽山入梦多：十里平林蘸碧水，罱泥竿影织金波。

故乡绍兴湖塘，越缦老人有句：『十里平山，十里平川，更平林万绿浓天。』幼时喜看罱泥，竿影映日，摇曳粼粼，如入幻境。

题周恩来总理遗像

一九七七年

想象河山待归鹤，无端箕宿散微词。
遗容犹带熏风意，勉矣春蚕未尽丝。

青青

一九七七年

积雪尽消冰澌澌，春寒难勒百花枝。
一年苦恨青青少，珍重未青欲放时。

译《聪明误》

一九七八年

农奴制度太披猖，故国炊烟事可伤。
不是寻常儿女怨，词锋传檄类宾王。

因袭希罗生气尽，竖琴牧笛漫为工。
汰除古典归真实，筚路梨园第一功。

自由无价血难偿，一队人才遣大荒。
不是索菲亚负汝，无情毕竟是沙皇。

亦曾忙里偷三余，惭愧蹄涔学未如。
消得寒窗风雪意，馨香盈袖雁公书。①

①译稿蒙茅盾同志阅读，赐书勉励，介绍出版。

中西移译事良艰，旬月踌躇只字间；
我亦妄求神似已，莫从语学笑疏顽。

如绣春光日日新，东风决荡破沉喑。
李花粉白桃花艳，愿与群芳结比邻。①

①后二句借自孙元超兄。

敢拟三郎吊拜伦？①倘容片语慰诗魂：

人间纸贵先生剧，未必聪明终误人。

①苏曼殊有句：『独向遗编吊拜伦。』

虫鱼

一九七八年

虫鱼诠释愧蹄涔，几度铅刀误到今。

一事此生应永忆：膏肓病榻尚批文。

编词典多年，成绩甚微。词典规划是周恩来同志最后一个批文。

读《宋诗别裁》

一九七八年

流传文字有原因，何与选家玉尺抡？
删尽悲凉慷慨气，别裁亦是可怜人。

宋代不乏激楚慷慨之诗，而入选者寥寥，岂亦文字狱之余悸欤？

读勃朗宁诗《乡思》

一九七八年

老去乡思例转浓，好诗引我入朦胧；
调簧莺唤千岩绿，投影波摇一丈红。

重观《周总理一生》影片

一九七九年清明

（一）

哀乐苍凉室冻旻，弥天难信付轻尘。
司机且许须臾别，十里灵车亿万心。

（二）

鞠躬心事在元元，毁誉早从度外看。
一种哀荣谁得似，清明时节泪如泉。

观众泣下者甚多，余亦泫然。

张志新烈士

一九八〇年

峻法严刑有古风，翻新花样未全同：
秋风秋雨轩亭口，闻否断喉杀竞雄？

烈士饮弹前，先被断喉。

春风

一九八〇年，省劳模会上

小白长红次第开，松江林树看成材。
喜从万马齐喑后，重见春风似海来。

萧红故居

一九八一年

长空汩没怜孤鸿，想见流离遍域中。
五月暖风吻柔水，呼兰河畔吊萧红。

悼茅盾同志

一九八一年

不因坎坷违初心，身后堂堂作党人。
何独文章惊宇内，清风亮节播芳馨。

赠王式斌同志

一九八一年

青春岁月自峥嵘，更看葱葱雪后松。

满眼李桃风正好，老人史笔写飞鸿。

王老早岁参加东北抗联，受高岗领导。中蒙不白，曾在教师进修学院执教，平反后入哈尔滨地方党史室工作。

呈夏承焘师

一九八一年

其一

芦沟烽火入公诗，一代吟坛擅色丝。
冷对胡儿祝琨逖，堕前风雨思难支。

其二

祝公八十是中年，四化雄图尚着鞭。

记得飘摇风雨里，龙泉唱彻『发冲冠』。

龙泉学生最爱唱岳飞《满江红》。

挽王季愚师

一九八一年

（一）

襟抱似云心似水，安排桃李费思量。

风鬟雾鬓怜憔悴，留与人间晚节香。

（二）

早拼身世酬丹心，风露阴晴瘁此身。

丝尽九原愁尽未？此间多事正须人。

别北戴河

一九八一年

前浪奔腾后浪超，望中天水辨微毫。
临分容我殷勤祝，四化高潮似海潮！

归梦

一九八二年

漾金凝碧水溶溶，十里舟行似镜中。
归梦恰于三二月，酿花春色着人慵。

送邹韶华同学毕业

一九八二年，哈尔滨

喜摩老眼看回春，四化长征一代人。

惭我自崖送君已，莫邪正待跃炉金。

绍兴老家临鉴湖，有「十里湖塘」之称，泛舟水上，古人谓之「镜中行」。

读《寒柳堂集》中《寅恪先生诗存》后

题《天风阁诗集》

一九八二年九月二十六日

古柳寒天剧自伤，转怜病翳损神光。

龙湫不尽源头水，老去天风听鞈鞺。

赠人

一九八二年

斯文传统例穷人，不分困君鴂舌音。

愁说会稽孝章在，青词无力达高旻。

君精通外语。

译《俄罗斯抒情诗百首》

（一）

悠扬清韵漫消溶，恍见安琪升碧空。

宿草墓门谁会得，年时立尽夕阳钟。

科兹洛夫：《晚钟》。

（二）

刀光月色入囚楼，一夕歌声泪欲流。

万里倚窗同此夜，风鬟雾鬓有人愁。

格林卡：《囚犯之歌》。

（三）

劫后江山余战马，弥留豪杰托牢愁。

基夫愧告芳俦去，热血未能换自由。

别斯土舍夫：『这不是高处松风在吼。』

（四）

笑貌宛然弦上留，聪明不误党人头。

自从偷得仙家火，帝国有人谈自由。

格里鲍耶多夫：《致奥多耶夫斯基》。

（五）

爱情时誉两难凭，祖国声声唤独醒。

天外芒寒星色好，起予风露舞纵横。

张君译普希金：《致恰达耶夫》。

（六）

雏鹰伴我度凄凉，欲语无言意倍长。

槛外摇天海涛绿，假君羽翮好飞翔。

张君译普希金：《囚徒》。

（七）

纱笼歌舞足温柔，难遣浩茫万斛愁。

我欲布帆浮海去，鬼雄诗魄与同游。

张君译普希金：《致大海》。「鬼雄」指拿破仑，「诗魄」指拜伦。

（八）

事如晨雾人如梦，直道无痕亦适然。

最是三山岑寂里，梦中瞬息堕花间。

张君译普希金：《赠凯恩》。

（九）

卷天风雪夜叩门，寂寞纺车伴老人。

且唱村姑晨汲水，好凭旋律觅童心。

张君译普希金：《冬天的黄昏》。

（十）

骖马奔腾夜绝尘，骤鞭鸣处识归心。

抑谁急赴钗钿约？欲问嫦娥月半沉。

维亚泽姆斯基：《三驾马车》。

（十一）

枯笔料难状物华，安排情思译名家。

我知我罪浑闲事，分得地中海上花。

拉伊奇：《被解放的耶路撒冷》。

（十二）

举酒天涯意慨慷，故园如醉走豺狼。

要回伏尔加河水，尽洗皇家积代脏。

亚兹科夫：《放歌》。

（十三）

同我恓惶成逐客？同罹飞语剧飞增？

何至蛾眉违众女？汝无故国汝无情！

张君译莱蒙托夫：《流云》。

（十四）

涅瓦重来伤逝水，清光照梦梦回流。

如此良宵如此月，偎人无语笑牵牛。

张君译丘特切夫：《我又站立在涅瓦河上》。

（十五）

万绿丛中自弄姿，晓风凉月惜腰肢。
女儿不惯人间爱，才入君怀便不支。

屠格涅夫：《你一个人远在异国》。

（十六）

霜天晓日影徘徊，淡雅秋光款款来。
千里平冈好行猎，灵猧绕足已频催。

屠格涅夫：《出猎之前》。

（十七）

冰封大地雪堆原，风掣爬犁冲夜寒。

好是多情戴安娜，北天新浴总婵娟。

费特：《美妙的画面》。法国F.布谢有名画《浴后的戴安娜》。

（十八）

一样匆匆惊节物，饯春情绪胜辞秋。

纵拼百丈横飞雪，忍见断蓬作漫游？

费特：《秋天》。

（十九）

有女春心暗属郎，何须衾席始难忘！

他生竟践年时约，许掬泪泉洗灼伤？

费特：《你结束了烦恼》。

（二十）

徊徨别意重叮咛，为慰萱堂拭涕零：
似海牢门儿好住，胸中理想尚分明。

菲格涅尔：《同志，如果你出了监狱》。

（二十一）

岂无蝇蚋吊囚殇，花自无言草自黄。
为问空江流汩汩，肯传消息到家乡？

菲格涅尔：《倒下了——社会的精华》。

（二十二）

倦极无方寄此间，埋愁悬想到重泉。

百年自是驹过隙，何用羲和快着鞭？

张君译蒲宁：《墓志铭》。

（二十三）

一星窈窕望幽深，惹得人间众口纷。

儿说仙花妻说梦，清明闪烁似童心。

张君译蒲宁：《夏夜》。

（二十四）

昏昏人倦马萧萧，绰绰翠杨影若飘，

脉脉愁思理还乱，依依梦里度荒郊。

张君译勃留索夫：《一声声车轮的轰响》。

（二十五）

门前过客太匆匆，断续炊烟断续风。

闲里待卿来小坐，夕阳影下话深衷。

张君译勃洛克：《傍晚时太阳露出了淡淡的脸容》。

一九八三年

（二十六）

文坛不枉誉黄金，侧艳苍凉各动人。

闻说他山石攻玉，君求诗律我诗魂。

赠草纫同志。张君重格律，并雅能传神；我求意境，心向往之而已。

（二十七）

与君同是江南物，握手偏于哈尔滨。

一事译坛添踦龁，我将狗尾续超人①。

①张君原名超人。

一九八三年

蒋筑英、罗健夫

一九八三年

雷锋王杰气凌霄，又见蒋罗突兀高。

吹尽浮灰金自在，贪廉顽立此人豪！

欧洲谚语：『烧尽的成灰算了，烧不尽的便是黄金！』

读夏承焘师诗词

一九八三年

耳边父老尚呻吟，尖角山河唱后庭。

想见望仙桥畔路，诛奸腰剑一长鸣。

《拟岳飞班师》

道光气象太凄清，如此人才世未惊。

筹海筹桑都不效，剩将好梦记云英。

《龚自珍》

中条夜雪吊黄生，人物夭斜笑逐腥。

皓月流天影绰约，诗翁心迹一生清。

《黄仲则》，《皂泡》

卌年前事一孤城，剩水残山仰杜陵。
乞得禅思生亦老，此身真似鸟过庭。

夏师有句：『过庭双鸟比人轻。』

译屠格涅夫《散文诗》

一九八三年

从来好梦总难留，鸟语花香逐水流。
域外垂垂人老矣，散文诗笔绾清愁。

哭孙元超

一九八四年，杭州

武林大雪夜深沉，草草昏灯论古人。

何与汉唐以上事？廿年鸿爪欲无痕。

廿年前对床夜话，讨论古诗。元超吟旧句，『笑他朱毂骄胡语，自我青灯类楚囚』，抗战时讽敌伪翻译。

愁如磐石遣难开，百啭流莺只费才。淡抹浓妆都是梦，西泠炊熟倘君来。

元超喜金石，时访西泠印社。

瞿髯师学术活动六十五周年——

调寄《清平乐》

一九八四年

词坛一老，笔擅生花妙，剩水

残山流浪道，夜夜龙吟虎啸。①

疾呼明耻报仇，落笺国难家愁。欣看九寰红旭，天风浩浩难收。

①师尝颜所居为「风雨龙吟楼」。

读雪莱 *Ozymandias*

一九八四年

犹于眉目溢骄矜，王者之王朕一人。

砂碛石髅行客笑，当年负扆正惛惛。

读丁尼生 St. Agnes' Eve

一九八四年

宵分吐气欲成冰，月洗荒郊雪正晴。

今夜女儿星睡不？高寒可许傍娉婷？

Agnes 罗马女子，不嫁，誓献身基督。有力者逼入烟花，无人敢近，犯者目盲。后被害死，教徒每逢一月二十一日宰双羔奉献。

读《花月痕》，戏代痴珠答荷生

一九八四年，哈尔滨

共向琵琶感此身，经年珠泪涴青衿。

题诗忍说红儿福，误我才情并误人！

荷生诗：『毕竟佳人还有福，与君佳句共千秋。』

痴珠诗：『我亦一腔孤愤在，此生沦落与君同。』

绍兴行

一九八四年

重来鬼劈神镂地，重见摩天剖面峰。
山灵相见应相识，此是当年五尺童。

东湖吼山。

娇绿嫩黄一色新，淡烟笼竹雨如尘。
禹王陵里深深拜，规划神州第一人。

禹陵。

三百年间任抛掷，明珠怜汝竟何功。

泉飞虚室凉侵骨，象征先生笔底风。

徐渭故居，悬《屋后看瀑》图。先生画葡萄诗：「笔底明珠无处卖，闲抛闲掷野藤中。」

读《迦陵论词丛稿》，赠叶嘉莹先生

一九八四年

精微王说略朦胧，疏凿常州或未公。

祖国亘胸新释『美』，多君辛苦补残丛。

烧痕

一九八五年

金山铁骑乍骎骎，俄报沪杭玉石焚。

长记跨湖桥上望，西天夜夜有烧痕。

童年值抗日战争，日军金山卫登陆，陷杭嘉湖。我家居绍兴鉴湖之滨，西跨湖桥畔，每晚登桥，西望天际，火光彻宵，日寇在杭烧杀也。

大瀑布

一九八五年，加拿大汉密尔顿

激光照耀瀑湍流，水雾蒙蒙舞白鸥。
欲驾天龙看世界，纵非吾土一登楼。

登 Skylon 高塔，上设高倍望远镜。激光远从美国照射来。

六十初度

一九八五年

青春试笔《聪明误》，老去寄情意识流。

六十年间成底事？兰单难上一层楼。

四川行

一九八六年

犬鸡我亦暂飘零，何必匆匆礼上清？
未免人尘恋三宿，都江只拜吾家冰。

都江堰，是日拟罢青城之游。

山灵似与约重来，幽壑危峰面面开。
涓滴功成人倦后，空山何用读书台？

青城山有读书台。正参与俄汉词典工作。

万里长江一叶舟，山光峡影扑人流。
儿时戏弄青溪荻，着蚁每教『破浪游』。

未凋姓氏已凋柯，民史千秋视此河。
一滴愿同岩下水，不将污迹染清波。

长江沿岸古迹甚多，水亦有污染处。

微波映日作粼粼，万里送人意自深。
象征中华形势好，一江水涵一江金。

赵洵师翻译工作五十年

一九八六年

桃李新荫遍中国，沧桑陈迹上华颠。
未须识路愁疲马①，再译俄文五十年。

①黄仲则：马因识路真瘦路。

闻某校评职矛盾有感

一九八六年

当年服务说人民，指望雄才一代新。
欲补儒林史外史，名缰利锁太坑人。

读严译《天演论》

一九八六年，哈尔滨

伏尸名士感茕茕，为雨志存一梦中。

天演但教醒旧国，踟蹰达旨亦才雄。

严复戊戌感时诗：『伏尸名士贱』；又诗：『得志当为天下雨』。

吊夏承焘师

一九八六年

来时去顺一词翁，早证轻如鸟过庭。

难至忘情惭太上，霜天明月吊先生。

满江红

一九八六年

黑龙江大学校庆，致同学。

秋到冰城，谁画得、乌龙锦幄？千万顷、高粱大豆，松花江阔。流浪救亡歌在耳，履夷思险心怀豁。新长征、杯水庆良辰，情真率。

四人帮，已泡沫，四化业，光熠烁。看同心十亿，中兴旧国。白发甘为名利徇？青春须向事功索。祝诸生、学海济中流，鞭先着。

访苏联（七首）

桦林戟立杉参天，万里秋光一线连。

初访人来休恨晚，朝阳野绿正芊芊。

过秋明欧亚分界线。

人说冰天雪窟城，从来耳食总难凭。

朔原有意媚初客，弥望居然一色青。

十月抵莫斯科，草树尚青。

素花万束炬长明，艳服戎装结队行。

短尽名王名士气，英雄碑例署无名。

无名英雄墓，上题：「你的姓名无人知道，你的功绩与世长存。」新夫妻及新战士结队展拜。

天工画笔破朦胧，北派差分金碧风。

一雪耀银蕴纤翠，千林冻绿燃猩红。

归经西伯利亚，初雪遍野，冬麦透绿，林间有花楸树，红果甚繁，俗信预兆雪盛，盖上天为禽类储作冬食。

一九八七年

雾凇点缀玉为林，一白莽原失四垠。

却忆清秋鉴湖夜，月明如水水如银。

过西伯利亚。

野水苍茫泼眼清，远山负雪絮云轻。

贝加尔湖。

荆钗自饶天然美，多汝当年伴子卿。

华年心力付风沙，头白寻根问故家。

车经蒙古乌兰巴托，有华侨一家上车，老两口原河北人，大跃进时入蒙古境为建筑工人。今老矣，携两女儿归中国定居。女儿未曾离乌兰巴托，车开后倚窗翘望，不胜离情。一九八四年

娇女倚窗望山脚，列车东下日西斜。

译《老人与海》

一九八七年

无边夜气压沧溟，一种幽愁伴独醒。
安得儿童共今夕，天空海阔数秋星。

更无方觅返魂香，何事此生不可伤。
赌腕每凭消昔昔，当年意气也苍凉。

老人于亡妻未能忘情，欲买幸福而无方。掰腕赌胜，亦遣有涯之生耳。

无端心绪会娇莺，极目沧波风纵横。
何处峭帆容病翮，觑人欲下转心惊。

鲸鲵无力席初闲，决眦飞鸿上九天。
淡度微云浓映日，诗情好在有无间。

鱼耶人耶两模糊，一幅生离死别图。
跃浪窥舷同隔世，当初心誓沫相濡。

阅尽人间人老矣，几回烽火幻云烟。
鲨鳐未尽湾流恶，肯放苍颜暂息肩？
簦笠忘年古亦难，交如水淡臭如兰。

斩蛟宝剑勤磨砺，世事将来属少年。
梦里千岩锁冰雪，寒光激射气清绝。
眼前恍到混沌初，犹是人间绳未结。

译竟之夕，梦登雪山，光景奇绝。乐水乐山，殆亦有通感耶！

搏狮生涯归短梦，掣鲸身手入残年。
行迷欧美亚非路，付托无情弹一丸。
湍流意识涌如潮，点虱冰山一代豪。

战地荒钟催去日，九寰红旭定明朝。

书中多用『意识流』手法。

赠陈建华同志

一九八七年

万里论交一卷书，多君共惜北溟鱼。

莫从人海愁风水，圣蒂雅戈或启予。

车经河南南阳，怀丁声树先生

一九八八年

车到南阳气始温，襟怀淡荡想芳馨。

如何既倒小车后，苦作人间植物人。

丁公自律甚严，有『小车不倒只管推』精神。病成『植物人』多年。

北京游『大观园』，水边小睡

一九八八年

六十年华幻耶真？蝇头蜗角漫纷纷。
眼前一片潇湘影，我亦红楼梦里人。

悼赵洵师

一九八八年

揽辔澄清笄字年，忧心未释返重泉。
师门倘引禅门偈，雨过天清一月圆。①

①日本松云禅师临终说偈：『雨过天清，一轮圆月。』

雨雨风风志益清，党人大义自硁硁。
轮回若准自由例，但得他生似此生。

赵师尝曰：如果让我第二次选择生活道路，我将作同样的选择。

龙江负笈小门生，惭愧风尘许担簦；
最是八年缧绁后，商丘一纸话伶俜。

一九七五年赵师出狱后，放逐至商丘，即蒙赐书。

昔日明驼归黑水，于今遗业思甘棠。
哀荣差称平生意，五百门人吊夕阳。

告别仪式上绝大多数是老学生，夕阳西沉。

王季愚师八十冥寿献诗

一九八八年，哈尔滨

（一）

白山黑水继延河，烽火连天未辍歌。
乐育人才期活国，网罹『文革』竟沉疴。
校园差喜清荫密，弟子相看白发多。
太息松江流日夜，奔腾不是旧时波。

师生前所植之树犹存。

（二）

『史无前例』斯人危，今日真看劫后馨。
一寸光阴三寸璧，十年树木百年人；
《人间》书是甘棠树，『外院』风犹去思文。
八秩寿公公已去，门人濡笔记心箴！

「文革」期间师曾断言：「日后我会香起来的。」师曾为学生题词：「一寸光阴一寸金。」所译《在人间》行世。哈尔滨外语学院学风为世称道。

旧藏苏东坡草书《醉翁亭记》

一九八八年

青毡旧物隐名湖，丱角童心梦到滁。

一纸苍黄人未识，醉翁之意坡公书。

旧藏鉴湖李氏琢玉楼中。世传草书拓本久佚。

写《赵洵传》后

一九九〇年

淴淴水边沟口山，女儿血肉挽狂澜。
年年雨打风吹去，陈迹披图欲认难。

山西淴淴水、花沟口等为赵洵师当年反扫荡时驻地。淴淴水，方言，即瀑布。现地图不载。

观影片《周恩来》

一九九〇年，北京

一堂掌上走风霆，薄海喁喁望大桢。

国步是非胸了了，万千种话一樽擎。

国庆二十五周年国宴，周总理形容憔悴，举酒祝祖国现代化。

蒋国辉同学学成来别

一九九〇年

壮也无成况老衰，风尘难得蜀山材。

送君不尽崖边意，伫看新枝度岭开。

蒋君四川人，将赴广州任教。

读宋史

一九九〇年，哈尔滨

饯师戒杀真英主，忧患无端入酒杯；

一榻未容双客共，南朝重见北兵来。
吴山岂是偏安地？理学消磨匡复才。
失笑先生情浪著，观棋樵斧已莓苔。

紫竹院

一九九〇年

旬月尘劳一日闲①，抽身来看水中天。
鹅黄初上春衿暖，便觉此心又少年。

①参与会议。

病狮

一九九一年

病狮东亚劫几经，梦回舐痛一雷鸣。
翻身又是沉沉睡，援溺攘金史可曾？

报载某地有人溺水，围观者众，竟无人援救，且有索酬者。

观影片《焦裕禄》

一九九一年

风沙扑地雨翻盆，队队哀鸿别故村。
时俭忍容官作祟，河凶不放潦横行。
胸藏万众唯忘我，病入膏肓只恤民。
记得驰车兰考路，泡桐阡陌已浓荫。

鉴曲

一九九二年，绍兴

照颜鉴曲意徘徊，逝水流年倏忽回。
记得仓皇逃敌口，慈亲夜放小舟来。

一九四一年绍兴城沦陷，予母雇小舟黑夜接予及亦安姐回乡避难。

读徐渭《狐裘》诗

一九九二年，哈尔滨

先生病是人间病，人间无地寄先生。
先生吃尽人间苦，犹为人间恸此人。

徐诗凭吊文天祥，颇感人。郑板桥咏徐渭：『亦不是，人间病。』

归燕

一九九二年，绍兴

熨波剪绿镜湖滑，来认梁间隔世尘。
桥外春山门外水，大樟树下旧吟魂。

答劝练长生功法者

一九九二年

练功养气我无能，来去人间一粟轻。
涓滴但求归大海，未须与海比长生。

脑供血不全，床上作

一九九二年

觉人觉世我无能，且喜今朝觉此生。

归去熹微晨色里，吹衣风好一帆轻。

梦境

一九九二年

读书惭愧太匆忙，难悟此心即道场。
梦里海天明月影，幽光一霎破微茫。

梦见海天茫茫，明月投影，若有所悟。

寒花

一九九二年

一朵寒花艳欲燃，灵山想象佛当年。
心灯幽烛尘嚣外，顿觉眼前法海宽。

文竹

一九九二年

千岩万壑尽风筠，绿雾迷人似梦痕。

老我虫鱼愧伧俗，借君细叶赏清荫。

故乡竹林甚盛。

病后

一九九二年

人间我亦小勾留，万顷沧波灭一沤。

指与痴心妻女看，晓星仍挂屋东头。

挽李人纪同志

一九九三年四月二十七日

逝水倘回流，会当小聚松曲，
追忆黑大生涯，外专岁月。
此身倦作客，想见归返鲤庭，
重对人生理想，革命精神。

君先考李立三同志。

读郁达夫『汨罗东望……』诗

一九九三年

烽火神州岁月深，至今回首气轮囷。
英雄意气诗人梦，我为先生泪不禁。

易绵竹、王铭玉二博士学成来别

一九九三年

才学二难噪洛阳，鹈鹕异域共回翔，
相逢我已伤疲暮，问字敢云一线长？

二君来自洛阳，曾共赴俄求学。

读《易》

一九九三年

剥复预言未敢论，转于人事卜天心。
分明忧患饱经日，两字自强付后人。

《易·系辞》：「作易者其有忧患乎？」

观影片《蒋筑英》及读报载『大款斗富』

一九九三年

中阪迁延力不胜，斯人赍志竟无成。
高楼纸醉金迷夕，可识并时有筑英？

尘心

一九九三年

尘心久矣淡疑无，随分空桑且宿诸。
累得唐衢盈眶泪，此身敢惜老冰都？

徐兰许校长闻余一时无力承购居室，为之出涕。

镜泊湖

一九九三年

（一）

镜泊我来秋正酣，小风嫩日似江南。
胡僧灰迹无从问，又作琼楼玉宇看。

传说湖系火山爆发后形成。

（二）

家本镜湖塘上住，白头来续镜中游。
何事秋阴迷日色，绿波荡起一天愁。

故乡临鉴湖，又名镜湖，放舟中流，有『镜中行』之称。报载江南水灾。

笔耕

一九九三年，哈尔滨

早岁烽烟浪负笈，笔耕忽忽到年残。
柳荫欲借范公石，媚世无方忘世难！

译《伊戈尔出征记》

一九九四年

草原鼓角噪千军，谁省天心日色昏？
饮马大江沉折戟，举头故国蔽高岑。
浪言孤注山能拔，不道离心势已分。
往复平陂何限事，摩挲殷鉴更谁陈？

童趣

一九九四年四月

童年细事每难忘，百里鉴湖十里塘。
水面风凉秋九月，芦花如雪舟深藏。

怀冯昭玙、吴震同学

一九九四年七月二十六日

客窗日永坐萧条，忽忆杭州六吊桥。
恍是前生暮春月，三人共泛雨中舠。

读《弘一法师传》

一九九四年

念家山破力难胜，芳草斜阳侵古城。

春满花枝悲喜集，世人胡说佛忘情。

读《弘一大师年谱》

一九九四年

风气已开新剧苑，歌声欲醒旧中华。
临崖想见悲欣集，难救人间薄命花。

圣彼得堡杂诗

一九九四年

（一）

远来涅瓦赏朝阳，摇曳波光万丈长。
囚岛冬宫俱历历，说书人在赵家庄。

（二）

丝丝须发动微风①，月夕雾晨入眼中②。
信是人间推巨擘，于今继起孰为雄？

艾米塔齐美术馆。

①人物画。②风景画。

（三）

始筑名城北海滨，英雄事业在经纶。
阿房犹自分冬夏，难与禹王论道心。

冬夏二宫，穷奢极侈。

（四）

世事千秋人误人，穷通原不在聪喑。

如今稻米谋难得，故宅炊烟更谁寻？

欲访格利鲍耶多夫故居，竟无人知道。

（五）

四十年前旧知闻，驱车今日访皇村。
桦荫流出淙淙水，似说当年普希金。

皇村。

野雪

一九九四年，黑河

野雪弥望月洒银，崎岖阡陌意中湮。
不关成住坏空劫，还我童心即佛心。

莫斯科杂诗

一九九四年

（一）

中俄唇齿互依偎，师尽喜看比象回。
盈室通人论汉学，跻堂远客佩高才。
旁搜远绍光先哲，拨火传薪启后来。
倘许二生侍程雪，狂吟今日替千杯。

俄国科学院汉学研讨会上赠宋采夫院士。王松亭、赖天荣二博士研究生，拟请院士指导论文。

（二）

五色琳琅百物陈，细看商标尽英文。
君家薪桂米珠日，教我如何恕醉人？

通货膨胀，而道多醉人。

（三）

信是百家胜独尊，环球著作杂纷陈。

摊头悟得《复兴》理，文化生机在日新。

书市上古籍重印及外文翻译甚多，因思破除禁锢之初，势必重理旧物，借鉴他山，然后可以创新。《文艺复兴》亦同此理，非流连于古希腊也。

（四）

雨洗秋林色转娇，嘤嘤声在绿杨梢。

客心最爱斜阳淡，一朵浮云过碧霄。

西伯利亚途次

一九九四年

（一）

万里秋风野菊黄，归鸦散乱不成行。
夕阳斜送长长影，暗绿淡红作晚妆。

（二）

新秋光影漫徘徊，丽日和风鸥鹭飞。
好是湖心澄澈地，云生云灭示将来。

过贝加尔湖。《弥勒九观》：『观过去如梦，观现在如电，观未来如云。』

题牧羊儿图

一九九四年

剩水残山里，童心对此图。
何当靖倭寇，甘作牧羊奴。

画面为牧羊图。抗战期间悬诸案头，每思胜利后终身放牧，亦甘心焉。

芦花

一九九四年

童年细事每难忘，百里鉴湖十里塘。
水面风凉秋九月，芦花如雪舟深藏。

老家住绍兴「十里湖塘」。

新月

一九九四年

新月婵娟淡若眉，行吟人老已无才。
无端忽堕江南梦，柳陌风轻燕燕飞。

和赵仁俊同志

一九九四年，哈尔滨

九州风雨自年年，忍看消沉一代贤？
动地秧歌迎旭日，极天烽火挽狂澜。
萧墙从古忧先哲，廊庙何曾听罪言？
今日与君人俱老，小园相对话尘寰。

悼吴震同志

一九九四年

前年万里索题词，重话龙泉共读时。
今日踌躇迟下笔，泉台可要故人诗？

浙江大学龙泉分校同学。前年函索书字，殷殷话旧；今春下世。

赠叶伯泉同志

一九九五年四月三十日

费君幼妇黄绢笔，过实声闻我自嗤。
藏得一身人海里，倘能涓滴补明时。

游太湖

一九九五年六月七日

不照恒河照太湖，水光绉似五维图。
越王尝胆夫差笑，报道西施昨入吴。

游采石矶，怀李白、黄仲则

一九九五年六月十日

天门不限大江开，绝似两公恣肆才。
利欲滔滔人欲醉，诗心仙骨祝重来。

读《弘一大师年谱》

一九九五年十二月二日

残山剩水苦行僧，大慧原从大悲生。

撒手元元方劫火，久醒尘梦不忘情。

古稀告存

一九九五年，哈尔滨

七十飘然至，苞桑系此身。

青春销战火，皓首愧蹄涔。

入世非谀世，自强即自尊。

晓天辞逆旅，祝福后来人。

读华兹华斯*Lucy*组诗

一九九五年

信缠乘月访音容，人似玫瑰夏日红。

暝色上鞭蹄得得，清光泻地影瞳瞳。

细思今夕定何夕，转恐此中又梦中。

一霎愁思名未得，人间花好易匆匆。

生小露西傍『鸽泉』，清流转侧照朱颜。

勤修内美须知己，未托良媒羞绮年。

霜冷中天耀室女，雾迷石窟隐罗兰。

思君一片清清水，摇曳年光返目前。

海外频惊岁月驰，他乡心事有谁知。

倍增故国迟迟感，况是旧情缈缈时。
千岭晴岚春乍碧，一灯少女夜深丝。
茅檐嬉笑情同昨，剪纸何由招玉姿。

题沈检江《中国古典诗歌的自我审视》

一九九五年

（一）

平章李杜意云安？然疑千秋事大难。
深喜沈生尚平实，派分汇合说诗坛。

（二）

虫鱼疏凿费精神，老去诗情刊若尘。
一卷清于窗外雪，先生笑比幻游人。

魏荒弩先生惠赠《隔海的思忆》

一九九五年

小楼一卷伴新秋，丝样文章水样愁。
一队文星沧小谪，大时代里示浮沤。

悼马英林先生

一九九六年

识荆劫后感秋蓬，草草风前话世情。

凭吊将军同太息，至今何处吊先生？

识先生于「文革」之后。先生曾隶李兆麟将军麾下

八届全国人大四次会议闭幕式国歌声中作

一九九六年，北京

跨世宏图奕世勋，一堂肃立仰风云。
会看十亿腾飞日，万国同听《义勇军》。

慰林孟熹老友加拿大丧偶

一九九六年，哈尔滨

卌年共命意凄迷，瀚海杳梁觅小栖。

但祝人天离恨后，他生重许对牛衣。

孟熹兄嫂多年患难相守。

怀周昌枢诗翁

一九九七年一月

曾经雪地数沧心，曾记听公讲古文。
谁料光阴真似箭，如今俱是古稀人。

香港回归喜赋

一九九七年

（一）

本是炎黄一脉根，血浓于水割难分。

喜心竞共荆花放，遥爇瓣香祝港人。

（二）

鲸吞蚕食百年间，破碎金瓯补缀难。

爵士秧歌迎七一，熏风海角看收官。

林则徐

一九九七年

剧怜家国耻怜身，衔命锋车到虎门。

愁看罂花迷九陌，心知祸水出重阍。

攘夷战守无常备，与国豺狼孰共存？

新覆败棋凭记取，尊民科学法精神！

上海鲁迅公园

一九九八年三月三十一日

湖水迷人三月天，江南重见几经年。
清狂直共东君醉，试拈新桃愧雪颠。

晨跑口占

一九九八年四月

人间我亦小流连，晨跑匆匆五十年。
若问阎王芳名录，老夫不花买名钱！

江南水灾

一九九八年八月十八日

冯夷肆虐等佳兵，拔树崩崖势浸城。

亿万军民生死以，转于多难卜中兴！

江南水灾，解放军救幼儿

一九九八年八月十八日

须臾忍死意堪哀，指点娇儿认帽徽。

人说雷锋浮海去，雷锋今向浪峰来。

水中幼女抱树达九时之久，遇解放军救助，得不死。

赠冯昭玙同学

一九九八年八月，杭州

重逢头白眼逾青，『落日苍凉见夕星』。

记得龙泉芳野地，茅檐山雨打书灯。

曾同学于浙江大学龙泉分校。此日同泛西湖，背诵丁尼生名句。翌年冯君病逝，余挽之云：『敌机影下，炸弹声中，国难当年与共。西哲文章，邻邦学术，清尊何日重论？』

赠岷峨诗社诗友

一九九八年八月

蜀江湛碧映峨眉，太古源头活水来。
容我北天分一勺，冰崖雪窟觅诗材。

永遇乐——译丁尼生《出海》

一九九八年

落日熔金，昏星初作，遥空召我。整理篷帆，安排出海，别语庸委琐？汐波望断，略无声息，疑是水神酣卧。挟万象、来自蛟宫，还向蛟宫归些。
晚钟散韵，夜云垂幕，次第苍茫吹堕。何事流连？不须掩涕，轻解缆舟锁。
十洲而外，大千以远，醒处今宵淡淹。待过了、拦波堤畔，天神掌舵。

悼念陶尔夫、叶伯泉二教授。

读《苏门答腊的郁达夫》

一九九八年

抒情写意此奇才，弱絮狂飙事可哀。

一死何难蹈海耳，归魂含笑过西台。

王季愚师九十冥寿，赵洵师八十冥寿

一九九八年，上海

万里明驼两木兰，征衣乍卸理清弦。
曾看陕北窑前月，共忆江南劫罅天。
一脉遥分林海绿，双峰高并雪山寒。
师门遗业宛延在，敬荐残丝祝寿筵。

季愚师诗云：『林海雪原，育我贞坚。』今年《俄汉详解大词典》问世，亦二师生前之夙愿也。

端午节省文史馆同志共游二龙山

一九九八年，哈尔滨

白头来踏端阳青，风日宠花雨转晴。
艾气袭裾人济济，流觞故事接兰亭。

杂感

一九九九年三月十七日

大国泱泱似海洋，民心载覆危微间。
三春燕舞莺歌易，万众行夷若险难。

路易十四：『谁管它身后洪水滔天！』

一九九九年七月

不恤滔滔师路易，造端坑士法秦嬴。
民不敢言民敢怒，汝无忌惮汝无能。

谈寒山子诗

一九九九年八月

尽有逃名地，天台夏峪寒。
仙踪留竹石，何必怨丰干？

读《圣经》『你们是世上的盐』

一九九九年

生死谁能一？叮咛费万言。
何如阳焰里，勉作世间盐。

中秋有感于时事

一九九九年

紫荆婉约白莲香，情话融融共一堂。
何事海东鲸浪阔，月明寄首望莼乡。

题饶良伦同志《烽火文心》

二〇〇〇年

烽烟一夕起芦沟，四万万人甘作囚？

一代文心拼一死，无衣枵腹赋同仇。

题林孟熹兄《司徒雷登与中国政局》

二〇〇〇年

（一）

玉貌围城斗敌顽，两公心迹在人间。①

会逢未死方生际，谁识依刘说项难。②

①抗战时司徒先生与傅泾波先生均受迫害。②一九四八年前后，学生间流传《方生未死之间》一书。

（二）

博带峨冠爱汉装，虬髯碧眼一儒郎。

折冲岂是书生事？留与书生说短长。

（三）

罗湖记得一情牵，脉脉知君去国难。

寄慰天涯故人道，旧家梅萼报新年。

孟熹兄曾有去国诗寄我。

（四）

梦回槐国已年残，欲报人民愧力孱。

利禄声名身外事，一分余热一分燃。

小浪底

二〇〇〇年，洛阳

慵觅累朝金粉地，万山深处听雷鸣。

回头五十年间事，真见黄河浪底清！

千禧元旦抵洛阳，又次日参观小浪底，适逢开闸试机。回忆五十年代初订治黄规则，暮齿及见，喜极感赋。

绍兴访亲友，有劝『归去来』者

二〇〇一年，绍兴

辽鹤归来感昔今，人民城郭眼中新。

老来亦有菟裘意，一息春蚕未死心。

过北京与老友留别

二〇〇一年五月二日

京门握手宛从前，青眼相看俱白颠。

忏尽苍凉名士气，且将余热送余年。

广州与老友留别

二〇〇一年六月十四日

羊城握手百花新，情话高楼雨若尘。
白发苍颜凭认取，当年都是少年人。

时事

二〇〇一年九月十三日

及齿武装核扩军，普天予毒敢何人！
名城一夕熊熊火，变徵悲歌已入秦。

读叶伯泉同志遗作《校园漫步》

二〇〇一年

谁分斯人病若斯①，难酬涓滴补明时。

校园不尽缠绵意，忍死春蚕一寸丝。②

①君患癌。②君怀报国之心。

恭贺省文史馆王田老馆员八秩荣庆

二〇〇一年十一月二十日

丈夫八十是中年①，小隐冰城水墨田。
试看三分透纸背，艺林长驻地行仙。

①夏承焘师句。

哭刁绍华同志

二〇〇一年

（一）

俄学华林此楚翘，踟蹰扶病译深宵。

知他力疾《但丁传》，为惜人间劫火烧。

译梅列日科夫斯基《但丁传》，原书著于二战之际。

（二）

不因颦笑别金银，收拾文章付后人。

一队流魂灯下拜，暮年心力瘁钩沉。

辑成俄侨著作目录一册，为我国研究俄侨文学之倡举。

沪中良花园闲坐

二〇〇二年二月

柳腰未袅眼初成①，高下空香不可名。

闲看儿童猫捉鼠，此身真似退堂僧。

①是年冬暖，草树初萌。

蒲节

中夜悲愁餍血腥，峻嶒瘦骨斗鳐鲸。

喜心我自殷勤祝，一代英髦识老人。

二〇〇二年，卧病沪上，读《老人与海》旧译稿。

祝捷

二〇〇二年国庆

祝捷受降乙酉秋①，红旗旋见耀神州②。
及身两共全民乐，粪土当年万户侯！

①一九四五年。②一九四九年。

访黄弗同教授

二〇〇二年，武昌

久凭南雁挹清芬，大喜汉皋夕论心。
才艺妒君诗字画，奕楼百尺有传人。

君先考黄俊有《奕楼诗集》行世。

咏杜牧

二〇〇二年

挟策罪言论自治，筹边战守净兵尘。
阿房宫赋真神笔，多少后人哀后人！

作《罪言》，有『上策莫如自治』之语。又作《守论》、《战论》，注《孙子》。

悼叶水夫同志

二〇〇二年

记得当年揖盛名，浪漫①现实语分明。
横流湍急水夫少，文苑伤心失老成。

①漫，古读平。

莫斯科卢蒙巴大学失火，三名中国留学生遇难

二〇〇三年十一月二十六日

国步难于蜀道难，日新事业待滋兰。
北天迷雾揪心望，又为人民哭少年。

悼赵洵师

二〇〇三年

西州经过一怆神，风笛恍从梦里闻。
片语平生感知己，欧人头脑古人心。

赴京开会，偶经干面胡同赵洵师旧居，猛忆当日趋谒情况，不胜怆怀。

读《诗的哲学史》，追怀张东荪师

二〇〇四年，哈尔滨

（一）

崎岖忧国总平生，旧药新方叹失灵。[1]

斥敌保民成往事，哲翁老去以诗鸣。

[1] 师有句：疗渴空思换旧方。

（二）

燕园謦欬我亲承，中外古今侃侃评。[1]

想见低眉苦吟夕，儒冠深悔累生平。

[1] 师讲学不拘一派，戏谓主张『中外古今派』。

杂感，我以为『我有理想故我在』

二〇〇四年

要从生意窥天意，但葆本真即太真。
一日心期一日我，几人沉醉几人醒？

悼林孟熹兄

二〇〇六年十月三十日

噩耗传来悲不胜，当年负笈聚燕京。
未名湖畔文章熟，博雅塔边语笑盈。
万众前门迎解放，高歌举国庆新生。
料嫌尘世多风雨，曾拟清凉伴佛灯。

燕大同学，丧偶后有祝发五台山之愿。

读《战国策》

二〇〇七年六月十五日

兵戈六国日纷纷，强弱势成委暴秦。
蒿目咸阳三月火，关中膏血与同焚。

哭唐梓衍

二〇〇七年六月

偕行呐喊为婵娟，草阁哀弦夜迸泉。
问讯不来竟噩耗，无边梦影太丛残。

浙大同学，同参加沈崇事件游行。擅二胡，奏《流亡三部曲》尤感人。

赠翻译家黄忠廉博士

二〇〇七年大雪

译事三难病译家，多君通变莫群哗。
什门法戒邯郸步，细雨暖风酿百花。

肉弹

二〇〇七年十一月十日

抚我者后虐我仇，德王力霸著《阳秋》。
报燕刎颈谋秦主，沼敌卧薪复越瓯。
谁恤此生吞恨尽，民甘肉弹偕亡休。
暮年我亦匆匆客，忧思无端惜此球。

追怀熊映梧、刘耀武、陶尔夫、叶伯泉、刁绍华等老友

二〇〇七年，哈尔滨

蓬蓬又见此花开，鸟语间关送暖来。
回步园亭寻往事，春风几度隔泉台。

省文史馆五秩馆庆，欢迎各省来宾

二〇〇七年

松花江上悲歌地，义勇精神忘得无？
深感周行远示我，共研金碧绘新图。

赠秋素莉女士

二〇〇七年

女侠家声鉴水滑，轩亭遗迹尚嶙峋。
鞠躬荧幕栽新秀，寄托电波励国魂。

女士为秋瑾烈士之女，吉林电视台首届播音员，培养新秀多人。

为北大校友会贺母校一百一十年华诞

二〇〇八年一月十八日

德赛传统尊『五四』，百年岁月自崔嵬。
几朝国贼成灰土，寰海强权总虺隤。
绝学长河承往圣，太平万世待雄才。

临风华诞殷勤祝，拔地瑶林俯首栽！

王季愚师百年冥寿——调寄《水龙吟》

二〇〇八年三月三十日

年又近清明，申江聚首介眉寿。高寒玉宇，空明万里，遥擎春酒。为报今朝，神州东风，新花新柳。正以人为本，与时俱进，送姮娥、上星斗。

忽忽百年如寄，仰平生、北驾南舟。许身国难，志存天下，忧先乐后。

太息人寰，倥偬多事，白云苍狗。祝杏坛后起，开来继往，毋苍生负！

鹊桥仙——立春

二〇〇八年

狼攻虎突，醉生梦死，谁问东亚沉疴？一朝动地走风雷，已换得人民作主。

与时俱进，创新科技，招手姮娥玉兔。喜摩老眼看回春，祝百世国强民富。

读Рыщеков《大国悲剧》

二〇〇八年九月

溃堤册载聚群蚁，卖国崇朝叶利钦。
一代华章幻悲剧，何颜先烈与招魂？

七夕

二〇〇八年

七夕长河沉玉玦，中秋碧落涌银盆。
年年圆缺阴晴月，付与闲人作主人。

晨练口占

二〇〇八年

岁去年来已惘然，只惭碌碌对盘餐。

林园偏爱霜余叶，当作报春短信看。

纪念丁声树先生百年冥诞——调寄《临江仙》

曾记端王府里事，经书倒执坛前。温良恭俭瞻公颜，不忍朽木弃，勉我识前言。

干校三年忝『战友』，老丁吃苦在先。淮南烈日火炉边，小车典型在①，推到大同年。

①先生有「小车不倒只管推」精神。

读黄仲则《直沽舟次寄怀都下友人》诗

二〇〇九年元宵

尧天舜治永千秋，谁识斯文一代愁？
蕉鹿梦醒燕市筑，埋才月夕一扁舟。

「尧天至大……舜治无为……」黄公《平定两金川大功告成恭纪》（序）中语。又黄公《沁园春》：「叹名场已醒，梦中蕉鹿。」

悼邹宝骧老校长

二〇〇九年一月二十一日

棣华甘作三条石，铺筑周行补大荒。
聚首天庭应叙旧，当年国破别松江。

邹大鹏、邹鲁风、邹宝骧三兄弟『九一八』后参加革命，著《三块石》行世。

梦浙大龙泉师友

二〇〇九年三月十四日

剩水残山入梦痕，孤城寄迹沐师恩。
老来难作明时补，且为后生尽此心。

有友人劝我退休者。

赠洪敬业先生

二〇〇九年四月二十九日，上海

柳枝黄绿小桃红，到眼春光暗地浓。
食字痴心怜脉望，嚓天诗思托飞鸿。

批阅研究生『语言哲学』论文

二〇〇九年六月十四日

水月镜花众口纷，商量主客与同存。
心图①自是象征②物，更著语词作象征③。

①mental images。②symbolize。③reality。

国庆六十周年敬赋——满江红

二〇〇九年

玉露金风，庆华夏良辰佳夕！
共道里：六秩初度，民安衽席。结束病夫东亚史，安排富国兴邦策。看红旗招展天安门，旭日赤。
访月窟，飞天舄；探龙潭，潜水舶；喜与时俱进，创新改革。政府不忘人为本，黎元恪尽匹夫责。愿万方握手销兵戈，换玉帛。

问候商务印书馆朱谱萱先生

二〇〇九年除夕

积习年深未易除，岁灯照我伴蟫余。

他生爆竹声酣夜，再读先生新译书。

年前接朱老贺卡，自称『年老书不成字，待来世学写』。自思平生读书守岁，十数年前每承朱老赐寄新译作，伴我夜读。而今俱已耄耋。东坡『故应相对话来生』，思之黯然。

赠南京李战子博士

二〇一〇年一月五日

帝城读后久低回，难得金陵咏絮才。

正是人天感肃杀，华予岁晏一缄来。

李博士贤伉俪译《上帝之城》，写人世忧患，读后难以去怀。年前老友俞约法、何兆源、张会森仙逝。李博士赐书并寄近作一篇。感与愧并。

哭沪上汪培同志

二〇一〇年二月三日

同哭当年顾尔镡，哭君今夕共何人？
申江铁骑纵横际，『日月光华』誓此心。

顾尔镡同志，一九四三年复旦大学上海分部同学。三人同参加艾思奇《大众哲学》读书小组。解放后顾君在南京任职，后病逝。复旦当年以《卿云歌》为校歌。

新年短札只寻常，遥向天南祝寿康。
今日哭君同哭己，幽明畛域本微茫！

年前互寄贺年卡，祝安康。

玉树地震

二〇一〇年四月

天胡此醉地无仁，灾祸频仍万灶湮。
犹是汶川创未复，乍惊玉树陆更沉。
兴邦百载经多难，爱国万方唯一心。
喜见汉藏舟共济，军民协力挽乾坤。

悼欧阳小华老同学

二〇一〇年

弹指惊心六十年，同窗旧事已如烟。

文思遥对谢家絮，乐理人仰蔡女弦。①
长白山前痛国耻，松花江上吊先贤。
知君孝意存阡表，天上过庭侍笑颜。②

①君音乐理论家，善钢琴。②君编有《百年阳翰笙》行世。

译《亚瑟王之死》

二〇一〇年

千年事去总堪伤，一代雄才亚瑟王。
圆桌武英遗子立，苦将后世托莽苍。
娑婆尘事渺难追，读史真如拨劫灰。

今日得丧明日梦，前人胜败后人哀。

梦与浙大龙泉分校亡友唐梓衍、吴震、冯昭玙游西湖

二〇一一年

千红万紫映天青，燕子争泥鱼戏萍。

狂喜故人颜色好，同舟轻楫访西泠。

毛泽东同志一百一十八岁冥寿

二〇一一年「七一」前夕

艰危时世出英雄，力挽狂澜向大同。

死而不亡去思永，至今人唱东方红。

赠潘国民同志

二〇一二年

一种精神老黄牛，为民服务不计酬。
试看感动中华者，几个终生可与畴。

纷华，示外孙女拙拙

二〇一二年

世风国步互相关，忧乐废兴若转环。
到眼纷华谁共喻，散沙容易聚沙难。

暮年爱读故人遗著

二〇一二年谷雨

平生不敢藏人善，亦是书生淑世心。

掉首已拼辞斯世，怀人犹自惜余金。

平生服膺『生斯世也，为斯世也』。

哭冯绍周同志

二〇一二年五一节

卢沟晓月鬼窥城，半壁山河尽血腥。

记得临行话别夜，一城鬼火走阴灵。

蒲节

二〇一二年

五月湖滨人若涛，家家艳服竞妖娆。

河山破碎民生苦，默祝人间革命潮。

梦见故人黄鹏九。

甘为学术损年华，惭愧人才有岁差。
亦是今生曾未料，语言卒是预言家。

口占

二〇一二年

神州辞学古来珍，知己多情称圣人①。
喜看后来能居上，先行足迹启后生。

①商务印书馆总编陈翰伯、陈原先生曾说：辞典不是人编的，是圣人编的。

奉和周昌枢丈绝句

二〇一二年

文字贵存真，莫谓误因循。

诗翁旗手责，佳句每灿新。

背诵

二〇一二年

音形不兼容，组合太费工。

欲与交流便，勉求背诵功。

敬挽邵鸿书老校长

二〇一二年

稽心奔问空浇酒　烽火弦歌记卧薪

一九九二年返绍，公已作古。绍兴沦陷，公辗转山区办学，提倡『卧薪尝胆』精神。

挽黄继兴同志

二〇一二年

六秩庸言归去早　半生只惜受知难

曾蒙反右错案。

预言

二〇一二年

且喜预言惊世尘，文明复兴仰儒生。
清明日丽东风软，一代英髦识老人①。

①老人指圣蒂雅各。

路见建筑工地上红旗招展，工装上有『祖国万岁』字样，感赋

二〇一二年七月二十五日

『大时代』里了一生，五鬼无情虐圣民。
到眼红旗红胜火，心头祖国万年青。

读郭沫若所译英美诗歌

二〇一二年夏

当年盾鼻草雄文，一代青年颂『女神』，
想见译诗心事苦，西河血泪欲成冰。

当时他的两个儿子在武斗中牺牲，郭老的心情可以想见。

辞世诗

二〇一二年

韶华弹指已九旬，愿为龙江悴此生。
衣带虽宽终不悔，临歧挥手见真情。

梦松儿

二〇一二年

松儿一别已三生，忆汝容颜尚若新。
知是人天旷劫后，重寻母腹作宁馨。

偶感

二〇一二年

望米光阴似梦寐，梦中万象费惊猜。

人间多少不平事，付与后人拨劫灰。

八十八岁有『米寿』之称。

改旧作

二〇一二年

岳灵似乎约重来，幽壑危峰面面来。
涓滴功成人倦后，空山何用读书台？

题画

二〇一二年

看画忆梦黯消魂，卅载沧桑或可寻。
记得马尾风雨夜，与君待渡正青春。

四十年前与唐梓衍马尾待渡赴台。

题画

二〇一二年

老病方知死是福，儿时只识乐中甜。
知尔艰难疲世路，花前小坐忆童年。

口占

二〇一二年

红旗招展导先行，盖世雄才启窑林。
后乐先忧心玉石，一天风露沾民生。

口占

二〇一二年

迎面朝阳一片红，此生喜见九州同。
年来老病应知份，遗世平心作放翁。

敬题朗亭公题额墨迹

二〇一二年

见下在田祈作霖，擘窠手泽为乡亲。
百年心迹宛然在，病榻遗言作好人。

参观上海博物馆画展

二〇一三年

人天消息本参差，不似之中更似之。

亦是画师怜我老，殷勤彩笔示天姿。

展品中有印象派作品。

友人以『大儒』相称，戏答

二〇一三年十一月

利锁名缰视若尘，烧残红烛我甘心。

自知此身垂垂老，肯贪人间一晌名？

我又戏答曰：『只差孙悟空一个筋斗了。』

读《花月痕》，戏代痴珠赋诗

二〇一三年立冬

未许忘情缘有梦，为谁属意竟无诚。

不恤人言谁则敢，可怜薄幸我何曾？

追怀赵洵师

二〇一三年冬

秦城八载孰能忍，宛转思亲泪苦倾。①

硬语中人铁窗下，『他生但得似今生！』

①夫、子均蒙冤。

欢迎俞简外孙女回国探亲

二〇一三年圣诞节

记得当年汤饼会，群言俞氏此佳儿。

学成他日归来后，跨国英名仰『画师』！

偶成

二〇一三年

佛云四大皆虚空，私意此言或未公。
斯世既然容我在，当为斯世立新功！

忆第一班学生奉调抗美援朝前沿

二〇一三年冬

青春求学谋强国，鸭绿江边战正酣。
七十年前车站路，骊歌高唱祝平安。

唱俄语歌：『再见了，亲爱的妈妈。别难过，莫悲伤，祝福我们一路平安吧！』

编词典

二〇一四年一月

词海探珠四十年，就中甘苦都尝遍。
老来回首深堪慰，寒夜青灯对素篇。

电视台国际时事口占

二〇一四年二月十五日

惊回千里梦，明月破寒空。
人生大舞台，世事万花筒！

赠全申、彤儿

二〇一四年春日

夫唱妇随一代贤，申江创业大有年。

白头钻石庆婚日，我在九天笑开颜。

赠桂英

二〇一四年四月四日

过了金婚钻石婚，匆匆驹隙百年恩。
殷勤我与人间约，比翼双飞誓他生！

题春耕图

二〇一四年四月二十七日

农人劳作垄亩间，春雨春风似酒酣。
动我空桑三宿意，人间安得住千年？

『滴答』

二〇一四年元宵

时速人言三等分，参差快慢去来今。
暮年何事惊心最，梦觉枕边『滴答』声。

西谚：Time has three kinds of space: the future comes slowly, the present flies as an arrow, the past stays still.

绍兴市人代会欲为予建纪念馆，谢不敢当

二〇一四年五月十四日

无才无德一书生，终世难忘故土恩。
何用更留纪念室，声闻我自耻过情。

赠张松同志

二〇一四年端阳

世间稀识满蒙字，绝学高才要此人。
我劝先生勤着力，接班事业赖松贞。

赠刘敬圻同志

二〇一四年端阳

词锋人说陶潜后，破晓文章累病身。
未许忘情缘有梦，三生石上证来生。

谢上海华山医院熊医师

二〇一四年夏

经年目盲类痴翁，恍堕黄泉十八重。

多谢医师今扁鹊，眼前又见东方红。

『平常心』

二〇一四年夏

中年逻辑枉费神，不识『平常』果何心。

老去顿悟归约法，『平常心』是平常心。

题画书愿

二〇一四年六月十八日

来世尘缘里，安居屋二层。

雪岭横北郭，绿树接高亭。

拔地樟千尺，芳邻通小门。

深宵人不寐，振屋我朗吟。

中国梦

二〇一四年党诞

病夫东亚劫几经，沉沙折戟事难论。
实现泱泱中国梦，五洲四海共和平。

赠李战子同志

二〇一四年八月

战子与我旧相识，一别于今二十年。
此日疆场跨战马，羡君英姿着先鞭。

感恩

二〇一四年感恩节

足迹环行『大时代』，头无高帽与小辫。①

天公自是恩情厚，容我疏狂九十年。

①没有当『右派』或『特务』之类。

读《文化大革命纪实》口占

二〇一四年

九十年华一瞬间，恍疑纪诺①片新演。

喜从『文革』收场后，犹为人民着一鞭。

① КИНО。

『文革』后继续编词典及从事教学、科研工作。

赠崔妙心小友

二〇一四年七月九日

心心识我才周岁，我识心心古稀年。
今日重逢颜色好，祝君万里穿云天。

莫斯科宵吟

玲珑浅碧夜空高，诱我倚窗立此宵。
云外故人淡荡月，眼前往事去来潮。
关山不锁数千程，偷越倭岗到小城。
狂喜深宵传捷报，元戎已发朔方兵。

一九四五年间关至龙泉，闻斯大林发兵进东北。

五年计划早闻名，初译文章惜未登。

一九四六年从英文译《苏联战时经济预算》一文，未能发表。

赖是山村逃难日，托翁屠叟耀双星。

逃难之日颇读托尔斯泰、屠格涅夫小说。

振铎赵王①哈尔滨，青年一队此传薪。

人生道上新开步，不独俄文指引人。

①赵洵、王季愚二师。

青春理想净无私，一担琴书返国时。

絜酒无由酹宿草，遥天欲告竟何词！

库兹涅佐夫师生于中国，一九五四年左右返苏定居，后病逝于西伯利亚。

重担争挑甘后人？蝇头小楷译宏文。

向来粗识之无字，语法从公始入门。

毕业不久译乌汉诺夫师论文。师讲授《俄语理论语法》。

遇我布师情最亲，词源语学话殷殷。

服膺忍失临分嘱？毁誉人言或累君。①

①布多林师，辞书学家，返国时临别语我：『人们将以汝工作之好坏评议吾之工作。』

北国我来卌载迟，手书空约谒公期。

清宵心祭惭无似，深负当年说项斯。

布师一九五七年返国后，约我访苏未果。师曾在苏科学院辞书学部会议上宣读文章，语及鄙人，谬承赞许。

国情身世两黯然，痛说母兄已早捐。

特地湘帘留姓氏，好从壁上忆华年。

玛露西娅校友，居莫斯科，室内悬一帘子，凡哈外院老友访问者，均留名其上。

潮高潮落亦天心，要是自强日日新。

一语惊人出《三国》：『久分必合合还分！』

格尔什科夫师

回首师门四十年，蓬莱浅水已桑田，

座中巾帼俱黄鹤，帐下弦歌亦白颠。

一代典章归未济，两家功过各难言。

明灯细认闲章字，仿佛春风返席前。

谒格尔什科夫师。席间师出示《春风风人》石章一枚，一九五八年送别时拙作也。席间追忆王季愚、赵洵二校长及诸校友。

伊尔库茨克访十二月党人流放寓所

慷慨干戈赴国仇，旧乡临睨哀高丘。

党人若使成功业，未必上风让美洲。

严风朔雪赋同舟，粪土上京第一流。

博得蛾眉共生死，流人祸福两千秋。

恭和王金魁先生《校〈书简〉抒怀》

盲利虚名浊世忙，知心①谁省古华章。

闲居《书简》敦交谊，于楚同人尺素香。

①李陵答苏武书：『人之相知，贵相知心。』

报载有人主张放松计划生育

危论人口关兴亡，二马①当年有主张。

节育优生谁会得，无方止沸且扬汤！

①马尔萨斯，马寅初。

七届全国人大会议期间呈贺敬之同志

颇闻集体开新国，转恐散沙走旧盘。

宿昔知君干气象，杜陵彩笔未须闲。

R.Browning,*Home-thought,from the sea.*

末句反其意而用之

大星如月耀炎陬，雄峡森森東海流。
旆影长风微祝曰，殖民事业总浮沤！

赠侄孙李三阳

连枝同气亦前缘，淋漓滂沱次第看。
留得他生尘梦约，镜湖重上钓鱼船。

自забайкэрск入国门

雨洗广原秋寂寞，雾迷远树色朦胧。
此身不是骑驴客，却忆剑门陆放翁。

挽叶伯泉同志

从此乘风径去，了却斯人斯疾。
何当化鹤归来，问讯吾国吾民。

附自挽联

七十年奖状不绝，深荷党恩。

八七岁寿终归西，我爱中国。

挽朱铁声同志

宁人负我，我不负人，公真长者。
卌年订交，廿年共事，我哭故人。

赠彤儿

忆前劳动河南，汝来随母身边。
班荆安坐湖曲，清风朗月鸣蝉。

挽杨熙龄同志

奇才竟斯疾　上帝果何心

赠拙拙

少年才学字旁斜，不恤古人号寒鸦。
今日喜心夸海口，姥爷竟是预言家。

赠全申

不问虚名但求真，先天生就见资诚。
何人识得仙方秘，中有俞郎一片心。

颂朱镕基前总理

人民公仆为人民，火海刀山见此心。

最后一棺应属我[1]，人间正气为公存。

① 朱总理语。

重阳节祝省文史馆诸老

古德传统敬老人，年年请益接芳馨。

如今瘫病难趋谒，好托电波祝寿星。

预作辞世诗

形销心迹在，爱国爱人民。
今朝辞『逆旅』，祝福后来人。

托尔斯泰故居

万里我来拜此翁，此翁文章干日月。
草草荒坟土一抔，秋阳高树想风骨。

学习十八大文件祝习近平同志

弱肉强吞古来同，三千世界靡靡风。

十年好见中兴业，万众心头颂习公。

梦原苏联专家布多林师怆然来别

其一

一别吾师又卌秋，苏联事业已浮沤。①
人间最是情无用，万古云霄一沙鸥！②

①被修正主义出卖。②反用杜甫诗。

其二

多谢吾师布多林，怆然神色宛可亲。
郑重天上来生约，再拜师门作及门。

口占

心折汤因比，大哉旷世情。
文明复兴业，先导仰儒生。

赴哈外专，别燕京大学诸友

才名文藻两蹉跎，何劳群贤送别歌。
新绿草黏西直路，才黄柳照未名波。

悼汪培老友

新年贺札事寻常，草草南天祝寿康。

问讯不来竟噩耗，人天消息感茫茫！

①君属新四军。

悼王式斌同志

逢君劫后意殷殷，把臂风前感雪鬓。
同吊将军同落泪，即今何处吊先生？！

预作辞世诗

平生大梦我先觉，九十年光弹指时。
我自会心向天笑，钟鸣漏尽任安之！

赠鲁刚同志纽约

一代人才礼此贤，神话文化红丝牵。
当时汝罪安三字，遗恨归来已白颠。

君著《神话词典》行世。

苏联第一颗人造卫星升天

天上姮娥新姊妹，人间十月大家庭。
我自殷勤内心祝，中苏友谊万年青。

援华苏联专家设宴招待中国同志。

口占

古设逃名地，天台夏谷寒。
仙踪留竹石，何必怨丰干？

世事

世事纷纷似划拳，五魁四喜猜当前。
内心一似网球戏，你去我来打擦边！

敬祝周昌枢百岁华诞

海屋添筹又一回，神州此老仰崔巍。

登堂我当深深拜，永驻诗坛泰斗才！

赵洵师梦中来别

洵师别后颜尚真①，记得当年语句温②。
今日我惭无出息，辞书一卷一诗文。③

①梦中容颜如昔。②当年分别语多勉励。③平生所成词典一卷、诗选、文选而已。

无题

阳光徘徊在山凹，
照耀沉甸甸一片麦田。

金色之秋呀，
从前我在诗里、画里见过你，
现在我就在你身边！

作于『五七干校』田间，壬辰谷雨书。

哀希腊

拜伦作

（一）

希腊群岛呀，我心爱的群岛！
萨福曾在岛上热情歌唱。
文治武功在那儿发轫，

阿波罗跃出玳洛司小岛，
那儿通年是阳光普照
到如今除了太阳什么也没剩下！

（二）

塞安与泰安城市阒绝，
荷马的竖琴、安娜克里翁的风笛
在异邦受人欢迎，
而在祖国却无人爱听；
在大西洋彼岸
被尊奉为『赐福之岛』。

（三）

马拉松平原在群山之阴，
在它下面是一片洋面；
我在山下凭吊往事，
心想希腊必将复兴，
站在波斯大军葬身之所，
我不能想象自己是个奴隶！

（四）

遥想波斯在悬崖之上，
雄视萨拉米司群岛；

下面千艘兵船
　各路大军——都归他领导！
早上他发号施令——
当晚只见鬼火飞行！

（五）

他们在哪儿？而你在哪儿——
　我的祖国？而阒绝的海边
听不到英雄的壮歌——
　健儿的呼号也归寂寥！
你一向受人欢迎的琴声

要在我无能之人手上衰变不成？

（六）

对无能之人来说这也算不错，
即使是戴着镣铐的贱民，
每当唱歌之时
我不禁充满爱国者的羞恶之心，
一个诗人还能留下什么？
除了为希腊而含羞流泪。

（七）

我们只能为过去的光荣而哭泣，

我们只能为过去的光荣而脸红？——

我们流血牺牲的祖先，
从你埋骨的土层下
归还我斯巴达人的阴灵，
三百人中留下三人也能重打一场载莫山战役！

（八）

怎么？你一声不响？你沉默？
不！死者的声音
像远处瀑布雷鸣，
他们喊道：『只消世上

有一个希腊人接应——我们来！』

可是目前生者无人作声。

（九）

没有用，不中；——拨动另一根弦

斟满美酒！

让土耳其人去厮杀，

流淌西阿之血！

听吧，对不被注意的号召

每一个狂妄的醉汉将何以应对！

（十）

你还保留古战舞不忘！
可霹雳战阵却无人过问。
在这两种文化遗产中
为什么偏把更高贵、更威武的遗产遗忘？

（十一）

你接受祖先喀得英司创制的字母——
可曾想过：这对一个奴隶意味什么？
斟满美酒！
我们且不谈这些。

这是安娜克里翁的歌声变得神圣！
他为暴主波里克拉脱效劳服务。
可是这暴主与我们同族，
是我们的同胞！

（十二）

切尔松尼暴君
却是自由的大好友人；
这位暴君啊！
但愿目前
重新出现这样的暴主，

他能挥鞭约束众人！

（十三）

斟满美酒！
苏里岩上，巴戈港边，
遗留下一条界线，
多列士之母从前划定，
那儿撒下一些种子，
保留里拉克雷定的血统。

（十四）

别听西方人士高谈阔论，

把自由『边买边卖』。

他们手上的剑和肩上的官衔

是唯一的心愿所在；

而土耳其军刀和拉丁骗子

图谋破碎你的盾牌和旌旗。

（十五）

斟满美酒！

我们的美女在树荫下跳舞——

我看见她们眉目传情。

可是看着这些女子，

一想到她们将生育奴隶
我不禁涕泪盈襟！

（十六）

我站在苏米峭壁上，
那儿只有海波与我个人
能听出哭泣之声；
那儿，我愿像天鹅一般唱绝命之歌——
把酒盏扔进海里，
奴隶之国不是我的故国。

编者按：此诗至最后一首诗《歌》为李锡胤译诗，其中部分诗与女儿李彤合译。

哀希腊（并序）

二〇一四年中秋

读拜伦《哀希腊》诗，除白话译文外，复意译成七绝十六首，半日而成，可见原诗感人之深。

（一）

宝岛希腊归知名，萨福情诗天下闻。
武治文功谁敢敌？至今只见日西沉。

（二）

英雄铜琶女儿箫，天下何人不折腰。
乐声摇曳冲天去，何事故园反寂寥？

（三）

丛山俯视马拉松，山下沧波映日红。

肃立波军葬身地，不甘自认作奴僮。

（四）

萨王踞立巉岩巅，手把军旗万艇前。
清早点兵趋敌阵，几人归队夕阳边？

（五）

千军万马似冰消，故国英灵不可招。
豪杰战歌人不听，我来聊续子胥箫。

（六）

今日何人赋大招？心甘手铐脚戴镣。
我为母岛深感耻，不禁两眼泪如潮。

（七）

泪珠难洗故岛耻，蹈海来奠鲁连魂。
三百人中余三士，温泉关役威重振。

（八）

英魂应答声如钟，呼唤后裔继父踪。
其奈世人仍阒寂，温泉关事付盲翁。

（九）

重重心事由他人，借酒浇愁和泪倾。
醉倒刘伶坟上土，世间万事付混沌！

（十）

希腊曾传霹雳舞，同时亦练战斗阵。
取舍何心偏文弱，岂真奴性失人情？！

（十一）

岛国暴君旧有名，力争自由招民魂。
我心愿作暴君奴，总是同宗同族人。

（十二）

举酒浇愁我不愁，岂因岛国嗌咽喉？
酒神只图杯中乐，自拜世间万斛侯。

（十三）

自有事业总艰辛，自力更生须认真。
请看温泉关旧事，英雄本是同宗人。

（十四）

举酒酹空莫停迟，苏里小岛旧遗址。
或留贤母子裔在，一脉尚存未绝嗣。

（十五）

且擎美酒大江滨，燕舞莺歌剧动人。
厕身此间我落泪，生男育女尽奴身！

（十六）

群山之上海之滨，独立沧茫失四垠。
愿作苍鹰雄歌死，奴隶故国我拒认！

我旅游在异国他乡

华兹华斯作

我旅游在异国他乡。
　在大海彼岸；
啊，英吉利！我在此以前
　从未曾体念到如此爱你。

过去了，使人心伤的梦！
我决不第二次
离开故地；
因为我越来越喜欢你。

在你的山脚下，
我感受内心追求；
我心上人她在纺纱
在英吉利老屋灯下。

朝霞染红而晚天隐匿
　露西玩耍的院亭，
而那儿又是
　露西最后远眺的地方。

孤单的农妇

华兹华斯作

你看她一位高地阿拉伯妇女，
孤零零一个人在地里干活！
一边收割一边轻轻哼着曲子；
这里割好，慢慢再割新垄！

她一个人自割自捆，

嘴里哼哼悲伤的调子。

你听！广阔的野地

充满了她的声音。

在阿拉伯黄沙地上

夜莺唱不出更动听的歌

来安慰倦于行役的

商队或过往行人。

春天鹧鸪的啼声

也没有她歌声动听，
打破海畔的沉寂
飞越希伯来遥远的土地。

没有人能告诉我她唱的是什么？——
也许是天灾人祸，
古代传说的战争，
也许是目前
日常琐碎的纠纷？
也许关于自然灾害，

从前有过，今后也可能重来？

且不管什么内容，
那妇人口中没完没了；
只见她一边挥动镰刀，
一边不断哼哼。
我呆若木鸡，侧耳倾听。
等我登上山顶，
耳朵听不见她的声音，
而旋律一直震撼我的心。

她安息在杳无人迹的地方

华兹华斯作

她安息在杳无人迹之处
　在鸽泉之旁。
这位姑娘没有受人赞美，
　也很少被人爱。

好似一朵紫罗兰
　被青苔巨石遮盖！
像一颗孤星
　孤零零闪烁在夜空。

露西生无人关心，
死也少人注意；
她在地下安眠
哦，我与她再见无缘！

我好似漫游天空的云

华兹华斯作

我好似天上一朵浮云
飞过谷地与山顶，
突然间我看到

一长排金黄色的水仙；
在河边，在树丛荫下，
在微风中翩翩起舞。
像一长串明星
在银河里闪烁，
他们在水边
排成没有尽头的长队。
我肉眼望去不见尽头，
只见花儿在欢快地跳跃。

水波也在跳动，
但水仙花跳得更有劲；
诗人置身其间
自不能不兴高采烈。
我在这情景中间
来不及体会它赐予的内心欢乐。

从此后，每当我心神恍惚
或昏昏欲睡，
这景象进入我的心眼

成了我孤眠的安慰，
于是我充满喜悦
与心中的水仙翩翩共舞。

西风颂

雪莱 作

（一）

不羁的西风，你是秋之精灵的呼吸，
枯叶被你吹得飞飞扬扬，
好似小鬼见魔术师而逃命。

焦黄、乌黑、苍白、惨红，
到处盖满憔悴的落叶：啊，你呀，
把枯枝败叶送进黑暗的土坑

让它们在冻土堆里藏身，
像墓地里的尸体——
等春暖花开的季节

春姐，在冻土坑上吹响号角
（吹醒种子像禽鸟冬眠醒来）

使原野和山岭生气盎然。

西风到处飞扬

既当杀手又赐予生意：你听！你听！

（二）

你的气流　使浮云

从上方吹下

像从高空与海面吹来

时雨和闪电的女仙

飞舞在清新的空间，
宛如酒神松散的发辫

下接绿田，上通天庭
这预告暴风雨将临，
你听！你听！

你宣告正在逝去的一年
将成为一抔黄土
掩埋蕴含潜力的元气。

时节一到，风雨雷电
应运而来：啊，你听！

（三）

你使蓝色地中海
从仲夏夜之梦醒来，
被晶莹的波涛包围，
在贝爱湾浮岛之旁，

水面映出沾满青苔红花
的古旧宫殿与宝塔

漂浮在大西洋水面上，
打扮得分外妖娆
把干枯的败叶藏进水底。

而水底的海藻和枯木
沾满似乎毫无生意的苔藓，
它们听到大自然的声音

不由得大吃一惊，
浑身战栗。你听！

（四）

如果我是一片败叶；
如果我是一朵浮云随你飘游；
如果我是被你吹皱一丝波纹
而感受你一分呼吸，咳，不羁的力！

甚至如果我童心未死
和你一起浪迹天空

成为你游戏伴侣
我似乎与影子比跑；
我决不气馁。

啊！请把我吹起
像一片叶子，一个波纹，一朵浮云！
我掉在生命之荆棘上！我受伤！

我日久与你在一起，
我和你相似：不驯服，敏捷而自豪。

（五）

把我当作你的琴，像树林一样：
让我叶片纷纷落下！
你有力的琴弦
将弹出深沉的秋之音，

甜甜的，虽然暗含悲凉之气。

愿你成为我的精神支柱，我的替身！

请把我的思想吹遍世界

像枯叶一样去催生新芽！

让我的诗歌

像不熄灭的热灰和火星

传遍五洲四海！

唤醒沉睡的人们。

我预言：啊，西风，
如果冬天来了，春天还会远吗？

西风颂

雪莱作

（一）

秋神吐气作西风，吹得枯枝落纷纷，
一似魔师驱鬼魂。
憔悴败叶黑、黄、红，无力空中战寒风，

阵阵落入土坑中。

土坑藏身亦良计，好似人死埋烂泥，

春回大地总有时。

春神号角奏春声，惊动地下百花魂，

平川生气盎然兴。

西风无情亦有情，试看生意满乾坤！

（二）

西风吹动高空云，一望平川散影踪，

纷纷乱落似飞蓬。

亦如仙女下凡来，舞姿翩跹极优美，

钗光鬓影映朝晖。

遥空闪烁电光开，绿野仙踪放异彩，

试听时雨马上来。

西风预告换季节，黄土堆下伏潜力，

自然元气本无竭。

草木静待春雷动，试看万物齐争荣。

（三）

地中海水碧澄澄，仲夏夜来一梦醒，

巨浪舞应节拍声。

贝爱湾外水逾清，海波映出古宫廷，

凌空宝塔忒玲珑。

皇宫宝塔同窥影，好似水仙妖娆身，

枯枝败叶羞藏形。

海藻、枯叶本无心，生意看来亦仅存，

自分长埋水底魂。

乍听自然作大声，试看振作长精神。

（四）

此身愿作一片叶，愿作浮云飘太空，
愿作柔波大海中。
亦愿童心老犹在，借尔风力升高空。
偕君结伴游天宫。
我愿与君比脚力，竞技坊上赛威风，
不甘气馁半途中。

西风之神请吹我，如波如叶如浮云，
不惜堕地见阎君。
与君相外非一朝，学君敏捷我自豪。

（五）

甘作风神手上琴，一弹枝叶落纷纷，
羡君拨弦惊鬼神。
秋声掩抑自深沉，悲凉曲外亦多情，

感君振作吾精神。

请君播送吾诗心，一似春雷作春声，

趁风吹送到无垠。

吾诗好似星星火，五洲四海播春魂，

槐下惊起梦里人。

西风西风我欢呼，冬天来了春天近！

思乡

勃朗宁作

一年正当开春，
一日正当早晨；
一早正是六七点钟；
山坡上露珠闪光；
乌儿在飞翔；
蜗牛爬在矮树上；
上帝在天上——
世上万事都安排定当。

海外乡思

勃朗宁作

啊，我怀念英吉利故国，
目前正是阳春四月！
人们一早醒来，
只见低矮的树枝与灌木丛
也开始报青，
榆树发出嫩芽，
黄鹂在果园的高树上歌唱。
啊，在英国生活多美好！

澎，澎，澎

丁尼生作

澎，澎，澎，
拍打在冰凉的灰色石块上，这海！
我希望口中舌头
能表达我胸中心事。

啊，你瞧那水手的孩子
和他妹妹呼喊追逐！
你瞧那少年水手，
稳坐船中，口哼小调，驶向港口！

船儿来来往往
驶向山脚下港湾，
啊，哪儿是消失的玉腕
听不见笑语轻盈！

澎，澎，澎，
拍打在山脚之上，啊，这海！
那逝去的如花华年
永不会回到我身边。

歌

雪莱作

凡是你喜爱的我也喜爱，
欢乐的精灵！
大自然铺满绿色地毯的田野，
还有星光灿烂的夜空，
秋天的夜晚和早晨
当空中充满黄金色的迷蒙。
我爱白雪和
寒光照射的树林；

我爱波浪、爱微风、爱风暴——
我爱大自然赐予的一切，
只要不受人工污染。

想念日本友人工藤先生

工藤先生原来在日本关东军队部工作，他看不上日军官兵任意杀害中国『良民』，暗中保护过他们。二战结束后他留在东北。原来他在苏中边境待过，俄语学得相当好。哈外专当时招来不少学俄语的学生，我在教材编译室编课本，工藤先生被派来帮忙。我们工作得很合手。有一年哈尔滨洪水暴涨，我们全室奉命日夜在松花江北岸抢险，天明换班。他的妻子也住在学校，那晚上她很担心，来向我母亲打听，一个不懂日语，一个不懂中文，比手画脚，却都表达清楚了。不久，日本政府要日侨回国，工藤先生就离开哈尔滨了。临走时他交给我一百元钱，要我替他买俄文词典。我如数买了各种俄语词典。可惜没法寄。有人说他在东京外国语学校工作，可我没有确切地址，无法寄递。直到『文革』时期，这批书和我自己的书被一概当作资产阶级『毒草』而丢失了。

纪念一位日本友人

我到台湾，在吴克刚先生的《现代周刊》帮忙编辑。我早听说台湾大学是日本帝大的第四分校，藏书十分丰富。我就想去借书，吴克刚先生为我办了借书证，我就去了。管理借书的是一位日本女子，名叫山根敏子，懂中国话。我在台湾也学会几句日语，于是两个『洋泾浜』可以交流了。有一次，我说中日同文同种，有血缘关系，没有理由阅墙。她也同意。可是她说这里互相监视，怕人说她里通外国，要丢了饭碗的。我就和她告别，从此不敢联系了。

我所认识的一位日本慰安妇

台湾《时代周刊》归开明书店经营，我在那里临时帮忙。有一天有人给开明老板章锡琛介绍来一位姑娘，说她生活无着落，给她找个『饭碗』。章先生是主张妇女解放的，对她深表同情，留下了。我们都叫她姊姊。后来她诉说自己是在朝鲜出生的，被征去当慰安妇。章先生提议送她回朝鲜，她说自己没脸见亲戚朋友。后来就不明她的去向了。是一个可怜的牺牲品。

追忆马继芳

二〇一四年夏

马继芳是五十来年前我在哈外专俄语系的同学。她的爱人李永澄也是我同学。他俩能歌善舞，是『天作之合』。那时解放不久，学制没有硬性规定。我读了两年就留校教书。他俩进研究生班继续深造。不幸的事从天而降，马继芳脸色越来越白，经检查，发现是白血病（血癌），马继芳心知是绝症，却不让同志们知道，连丈夫也被蒙在鼓里，直到她咽最后一口气的时候还带着苦涩的笑容对丈夫说：『要坚强！』

追忆这些情景我心头十分悲凉，但转侧一想：这是一个坚强中国人的形象，今天习近平总书记提出『中国梦』的号召，为了实现中国梦，正需要坚强的中国人民做后盾。

我所知道的汪培同志

二〇一四年除夕

汪培与我是上海复旦大学西语系同学。学校在公共租界。一九四四年秋天，他穿西服裤子，上身一件夹长袍。他两手插进裤袋，出门挟一大叠洋装书，挺着腰，煞是英俊。坐电车，查票员查到他，他不动神色，说一声：『Season（月季票）！」查票员一听洋文，不敢再问了。事后他对我说：「这电车是外国公司经营的，赚我们的钱，怎么不「回敬」他们一下？」

过不久，日本「皇军」开进公共租界，就等于整个「大上海」沦陷了。汪培高中时就加入中国共产党地下组织，领导让他到抗战前线去，他二话没说，打起背包就走！正碰上皖南事变，蒋介石用反间计，造谣说汪培通敌。领导就要他「关禁闭」。当时没有禁闭室，只好把他关在房东家里。房东迷信，说家里关了犯人，祖祖辈辈不能安宁。所以不时设香案膜拜。汪培在「禁闭室」里又觉可笑，又怜悯。写下：「安得扬鞭跨战马，春风千里净胡尘！」后来，地下党叫他转战上海，他又二话不说，打起背包就走！

一九四五年抗战胜利，汪培回到旧地，受谭震林同志领导。谭将军为之平反，让他到基层参加生产。他尽力工作并学唱荀派京剧。汪培没有结婚，他说自身如风前败叶，不敢连累别人。每年元旦我们互寄贺年片。二〇一二年我在哈尔滨，没有收到他的贺片，一打听，他已病逝。我十分悲痛，写了一绝：「新年贺札事寻常，草草南天祝寿康；问讯不来竟噩耗，人天消息感茫茫。」

追怀林孟熹同学

林孟熹，广东人，我在燕京大学的同学，他是法律系，我是外国文学系。据说他父亲是汪伪政权的一员，他从年轻时出外求学，所以算『可以改造的子女』。他和我住一个寝室。我和他同选邵可侣先生的大学法语。他习惯早上睡懒觉，我起床绕未名湖跑步，再跑回寝室叫他『起床！』

他学法律，想干外事工作。不久『大鸣大放』开始，他发言比较尖锐，被定为『右派』，下放呼兰劳改。一天，大雨，呼兰河里掉下一人，林孟熹二话没说，跳下水去把他救了起来。领导很称赞，替他摘去帽子，『归队』劳动锻炼。这时同一劳动队的女子与他结婚（他前妻离异），感情甚笃。

他母亲在香港开了一家商行。孟熹老要她买高档服装寄来，他收到后就卖钱资助学生运动。后来他申请到香港探母，并从香港移民到加拿大，叫『资本移民』。

他到加拿大后当了中国移民的代表，在加拿大募集一笔资金，向中国领事馆申请回国扶贫。领事同意后，他就回国到四川凉山地区扶贫。他的办法是贷款给贫农买耕畜和日用工具。两年后东家还钱借给西家。他说：『这样可以防止钱花不到刀刃上』。

后来，他在加拿大华侨教民那里募集了一笔款，条件是『用在教会事务上』。他请示领事，回答是此事可办，因为我国宪法规定信教自由。因此他又回国一次，给东单牌楼的教堂翻修一新。他说『为照顾建筑工人，工资提高了一些』。

他最后一次回国时，正丧偶不久，他有五台山削发之愿，住持说他尘缘未满。他特地到哈尔滨黑龙江大学来看我，我请他在学校宾馆住了一夜，又在联通广场边上的一排参天杨树下照了相。第二天我送他到机场。飞机在上空盘旋，我在地上挥手高呼：『永别了，孟熹！』

二〇〇六年五月二日老学长边宝骏函告林孟熹病逝海外。我很伤心，为之翻译（英）柯蹬的抒情诗《致玛丽》。

葛翠琳

葛翠琳是我燕京的同学。解放初她从辅仁大学转学燕京。当时彭真同志任北京市委书记兼市长。有一天他下令关闭所有妓院，拘留妓院老板。我们学生游行拥护，连在燕京任教的美国老师也出来鼓掌支持。妓女的思想改造需要妇女干部去做，组织指派葛翠琳。她虽然心有顾虑，怕干不好工作，但服从组织，没有二话。她努力做改造人的思想的工作，交了不少朋友，听她们诉苦、讲故事。日子长了，她写了不少童话。有一天我们在北京图书馆见面了，她说想把自己写的童话译成俄文，让苏联『老大哥』知道受人鄙视的中国妇女的命运。我和伊尔库茨克的一位华侨联系，他说自己没有能力翻译。这事就搁下来了。但不管怎样，葛翠琳名列童话作家之列当之无愧。

我的老同学蒋济南

我和蒋济南是五十年代上海复旦大学的同学。他是蒋廷黻的侄子，因为他聪明好学，深得乃叔青睐，蒋廷黻把最心爱的英语词典和学习参考书，都送给蒋济南。蒋济南把一部词典转送给我。不久济南市解放，我开玩笑对他说：『现在你应该叫毛济南了。』后来他写了一篇批判蒋廷黻的文章，与之划清界限。此后，我转学北京燕京大学，就失去了联系。那时没有手机，联系主要靠邮政，『书回已是明年事』！

围棋与象棋

近几年来，我国语言学界不少人谈论语法学与语用学的关系、音合和义合的区别、词义与活用的联系。我以为统而言之，都是象棋和围棋的区别和联系。象棋子本身有价值。军棋子明白亮出身份，象棋子不亮身份，却在步伐上表达出来：斜角步的是『马』，限在将、帅府里走『田字步』的是『相』或『象』。围棋可不管这么多，我包围住你，就把你吃掉，没有说的。有人说围棋是韩信发明的，『韩信将兵，多多益善』！大概他善于围歼战术。

我的幽默

最近读耿阿齐、冯作刚编译的《迷你幽默》（*Mini Humorous English Jokes*）（天津大学出版社，二〇〇二年版），受到启发，写了一篇短文，请读者批评指正。

阎王爷派小鬼来抓我，我自知必死，于是主动向人世告别：『我老李也有两只手，不在阳间吃闲饭！』阎王一听，叫小鬼赶快回去。小鬼问为什么，阎王说：『这老李不在阳间吃闲饭，要到阴间来吃闲饭，最近我这里粮食紧张，过几年再说。」

陈仪将军

二〇一四年元宵，时年八十九

翻阅旧资料，发现哈尔滨《生活报》（二〇一〇年三月七日）的一篇文章《蒋「驸马」劝汤恩伯再搞一次西安事变》，引起我对陈仪将军的一些思念，虽然支离破碎，或许对后人有一点资料价值。

陈仪，字公洽，浙江绍兴人，家贫穷，进入我父亲李朗亭开设的怡丰钱庄当学徒。陈聪明肯干，洗水烟筒，值夜守门，无不尽心尽力。后来杭州笕桥军校招生，李朗亭把陈介绍去报名，一拍即合。不久日本东京士官学校到杭州招生，李朗亭又托人介绍陈去报名，又是一拍即合。当时日本明治维新后，全国上下一片新气象。陈仪到日本豁出命学习和锻炼，很受教师喜欢。无巧不成话，蒋介石当时也在东京士官学校学习。陈仪比蒋高一年。那地方师兄对师弟十分严厉，甚至可以体罚。陈对蒋相当宽待。

后来第二次世界大战开始，中、英、美、法是反法西斯同盟国，德、意、日是轴心国。蒋介石是同盟国方面中国战区的总司令，任命陈仪为总统府侍从室主任，掌管机密档案。陈仪一心报国，服从蒋的领导。反法西斯同盟国胜利，中国收复失地，当然包括台湾。蒋向美国租用五艘登陆艇，开进基隆港。

容我插进一笔：我也是打陈仪的牌子登上登陆艇，横渡台湾海峡的。原来我听说台湾大学是第五帝国大学，我想去镀金，一时买不到船票，听说陈仪的胞弟陈公协在福州帮乃兄安排去台事宜，我去走他「后门」，他知道我父亲和陈仪的关系，甚至称李朗亭为「恩公」，所以二话没说，给一张名片，免费赴台。

我到台北后，考入台湾省立师范学院一年制英文专修班，次年毕业离校。

陈仪将军与戴笠的「蓝衣社」特工组织原有矛盾。陈任福建省省长时，曾处决过一名横行霸道的「蓝衣社」成员。后来陈仪任台湾省行政长官时，「蓝衣社」特务仍然为非作歹，「二二八」事件就是「蓝哥儿们」肆意开枪打死卖烟妇女而引起的。

不管种种阻力，陈仪将军在台湾做了许多有益的事。台湾经日本五十来年高压统治，特别是为了实现「以华制华」的阴谋，在台湾全省推行「皇民化」运动，把老百姓的姓名都改成日本姓名。为了肃清这股遗毒，陈仪行政长官从大陆聘请了一大批知识精英。据我记得有：许寿裳（任台湾省编译馆馆长，主编台湾省中学教科书及台湾省志，后遭暗杀）；吴克刚（主编《现代周刊》，后改任台湾省图书馆馆长）；邵冲宵（后任台湾省参事，后传说被『小偷』暗杀，有人说即柏杨其人）；沈从九（《鲁迅全集》试印本的校订者）；黎烈文（《冰岛渔夫》的译者）；陈伴藻（第二任台湾省编译馆馆长）。

上列诸事系我亲身经历，但时至今日，年老昏聩，容或有不确处，仅供参考。

悼念张东荪师、邵可侣师

解放初我考入北平燕京大学。张东荪先生是哲学教授，英语也很好，兼开英语课。记得第一天上他的英语课，他在黑板上写 metaphor 一词，问学生有没有现成的中文译法，我举手说：『以此物喻彼物也。』他很称赞，要我举例，我用杜甫的名句为例：『王侯第宅皆新主，文武衣冠异昔时』。他轻轻鼓掌。

接着他在学术委员会上提出让我免修大一英文，加修其他外语。我就和法律系的同学林孟熹同选邵可侣先生的法文课。邵先生是法国人，受我国劳动大学之聘来华执教，后转入燕大任教。邵先生的法文课，每周五课时，星期六他请全班同学到他住处做客，他一边用咖啡茶招待，一边用法语给我们讲法国教学情况，以提高我们听、说能力。后来我们知道，他的夫人是中国人，感情很好，社会上有人造谣，说共产党不能让中国姑娘嫁给洋人。邵先生就把夫人送回巴黎，自己回燕京授课。不久他耐不住单身生活，就回巴黎去了。我们的法文课由美国人Poter教授接着讲。

邵先生讲，法国中学生很爱数学，夏天乘凉，就讨论数学问题。

我和林孟熹学法语很努力，他想干外交工作，一时受政治挫折，很快平反，移居加拿大。有一天他写信告诉我，他到巴黎，想去访问邵先生，听说他已经病逝了。呜呼！

追怀熊映梧同志

熊映梧同志和我是黑龙江大学的同事，严格说是我的老师，因为他教政治经济学，是全校必修的。我在哈外专学习

时也得选修。他严格要求自己，讲课言必有据。他着手建立『生产力经济学』。这有点不合时宜，因为人们提起经济学，总是从生产关系着眼。我跟熊老师学习，反复思考，认为马克思主义经济学，正好是从生产力讲到生产关系，因为生产关系是受生产力决定的。我向熊老师汇报了我的想法，他很欣赏，把我认为是他的『高足』。有一次他到台湾讲学，不耻下问，征求我的意见，我说：『您不妨讲讲王道和霸道。中国一向讲王道，与人为善，反对仗势欺人的霸道。』他同意，说我颇能说到点子上。

不久熊映梧同志因病去世，我很难过，曾在黑大学术委员会上建议继续讲授生产力经济学这门课。

追忆俞平伯先生和王洪昌同志

二〇一四年春

那一年林彪下『一号命令』，要北京的文教机关搬到乡下，搞『四清』。俞平伯是中科院文学所的老先生，我是语言所的小青年。俞先生很高兴，希望『脱胎换骨』，简单行李，箱子上大书『俞平伯』。车到河南信阳，老百姓知道俞平伯的名字，因为报上批判过，就问他：『你是写《红楼梦》反对毛主席的吗？』俞先生说：『我没有写《红楼梦》。』老乡说他态度极不老实。到了信阳，宣传队让他住一间农房。后来允许家人探亲，他夫人到信阳，两人在农舍里合唱昆曲：『良辰美景奈何天，赏心乐事谁家园……』我设法告诉他们别唱这陈腔滥调怕有人反映。他们就改唱毛主席诗词，工宣队鼓掌道好，说：『老先生下乡才几天就有进步。』不久，为了照顾老专家，就把俞先生提前送回北京。

王洪昌是我在中国科学院哲学社会科学部语言研究所的同事，我们一同下河南息县去『脱胎换骨』。工宣队师傅为了提高我们的警惕，对我们说：『这里斗争特别复杂，潜伏着一个国民党区分部。』王洪昌和我十分惊异，土改好几年，怎么潜伏得下。为了摸底，我们冒着风雨泥泞下去。原来当地地主是国民党区分部书记，为了报功，把自己的佃农都填入自己分部，自己却逃之杳杳，王洪昌和我恍然大悟，替一批佃农洗清了沉冤。

追忆母校绍兴稽山中学校长邵鸿书先生

我在稽山中学上初中时，校长邵鸿书，邵力子的侄子。孙中山先生一派的。记得他开纪念周和周会时，一身中山装，干净整洁。领大家背《总理遗嘱》，背到『现在革命尚未成功』，他深带感情。

不久绍兴沦陷，稽中校舍成了日本兵营，日本人为了镇压中国游击队，在稽中院内挖造一个水牢，让『犯人』站进牢内，水放到『犯人』喉头。『犯人』不能持久，自然而然淹死。

解放后，我回绍兴探亲，去稽中校园参观。邵校长领我看他种植的一棵雪松，他说：这有报仇雪耻之意。我问起那个水牢，他说怕学生看了害怕，已经填平了。我说，不如留着，有『不忘国耻』的警示意义。

又过不久，我回绍兴，听说邵校长已经去世了，我深感悲哀。

和年青的俄语学者们交流

二〇一四年五月

同志们，我已风前残烛，今天不知明天事。我几十年学俄语，在党和黑大的培养和教育下，积累一点知识，我怕永别之际一抔黄土，什么也留不下，所以和大家作一次（很可能是最后一次）学术交流，特别想听听不同意见。有不同意见才是交流。要想学懂一门学问，最好的方法是读这一派学者的书和反对派学者的书。

①多读书。我们和世界打交道靠直接经验和间接经验。前者生动而深刻，但受种种限制，所以必须靠间接经验——读别人写下的书。陶渊明『好读书不求甚解』。先吞下，再反刍；背诵是好方法。

②学多种外语，同时学好母语。母语水平是学外语的ПОТОЛОК（极限）。歌德说：『不懂外语的人不能很好地理解母语；反之，不深入理解母语的人不能很好地理解外语。』

③学习方法。三心两意。三心是：决心、信心、恒心。两意是：主观意识——当演员，设身处地地表现你的意思。客观意识——当观众，导演是隐藏在幕后的指挥。

④理论上说：语法、词汇是象棋（棋子直接表现自己的身份）；语用是围棋（棋子平等，在不同语境中表现不同的

力量）。

⑤理论必须抽象。引申也是一种抽象：引申是广度上的抽象，抽象是深度的引申。

⑥剖破藩篱。例如哲学和数学。哲学是用形而上学语言写的数学定律；数学是用阿拉伯字母写的哲学公理。

以上谈学习和研究的问题。但我们学习和研究不是为个人的功利，而是为实行毛泽东同志号召的『为人民服务』。习总书记提出的『中国梦』也是同样的意思。英国史学家汤因比研究了世界上各民族的历史，得出结论：『只有当中国文化的精髓引领人类文明时，世界历史才能找到自己真正的归宿。』可见『中国梦』不仅是中国人的『梦』，同时也是世界各族爱好和平人民的『梦』。『中国梦』是当代世界的最强音！

我预言必将实现！

中国将会出现第二次文明复兴

今天在这里我要讲点大话，为我们中国文明讲个大话。我预言：二十一世纪或两百年以内在中国将会出现，甚至可以说现在已经开始了第二次文明复兴。

在这个预言里边，我们首先要明确一个概念：文明复兴绝对不能称作文艺复兴。原来的『文艺复兴』实属错误译法，应该加以改正。

『文艺复兴』的原文法语是 Renaisance，法语里 re -『重新』，而 sance -『生成、出生』，所以 renaisance 只有『重新生成』、『重生』之义，并未指出是文艺的复兴。

欧洲的文艺复兴起源于十三世纪的意大利，后逐渐扩展至西欧各国。当时意大利还是教皇制统治下的神圣帝国，从五到十五世纪一直是教皇制时代，教会控制着人们的思想。但是，到了十五世纪，人们开始逐渐意识到自己作为『个人』存在于世界，教皇制已经控制不了人们的精神世界。至此，产生了以『人文思想』为核心的文明复兴。人文主义开始蔓延，当时流行一句话——Dance on fire and water，彰显出了人们对自己无所不能、无所不在的自信。人文思潮进而催生了《人权宣言》，人们开始关注人权，关注自己的权利。《人权宣言》第一句『All human beings are born equal』，即『人人生而平等』，强调的就是人文主义。

十四到十七世纪被称作『文明复兴』时期，这一时期里涌现出大量人文主义者。彼特拉克组织翻译了《柏拉图全集》，大大促进了文明复兴的进一步发展，因为柏拉图在意大利，乃至整个欧洲影响深远。还有薄伽丘的《但丁传》、乔叟的《天路历程》以及塞万提斯的《堂吉诃德》等等。《天路历程》虽然以宗教形式出现，却恰好起到了相反的作用，动摇了宗教的神圣帝国思想。除了文学作品以外，还出现了许多人文主义的艺术家，如达·芬奇、米开朗琪罗、拉斐尔。他们用艺术形式来反映人文思想，宣扬人文主义。以上是文学艺术领域，可以称作『文艺』，但『文艺』二字涵盖不了『文明复兴』的广泛领域。这一时期科学开始迅猛发展，大批思想家如哥白尼、布鲁诺、达尔文、培根等都提出许多颠覆神学的思想。

因此，这一时期绝对不能用文艺复兴来指称。在宣告我们新预言的时候，有必要弄清楚这一点。

第二个问题，对于权威，我们要敢于提出自己的怀疑。罗素是二十世纪著名的哲学家、数学家和逻辑学家，可以说是一个大权威。但是，对于他的有些思想我们也可以提出不同看法。逻辑学里他将 if … and then … 分开，把实质蕴含与命题蕴含拆分开来，他的解释是：如果前件为真，整个命题的真与假要和后件联系起来。当前件为真，后件也为真时，整个命题为真；前件为真，后件为假时，整个命题则为假。当后件为真，前件是真或是假，整个命题都为真。而我认为他实际上是把问题复杂化了，实质蕴含与命题蕴含其实是一回事。所以我把它归纳为一句话——真不瞻前，假不顾后，这就避免了两个蕴含的混乱，从而可以把问题解释清楚。

为什么我要提这个问题呢？因为从语言学的研究来看，罗素的这一观点已经引起了很多不良影响。例如乔姆斯基在最后put out的时候，就把它看成是从深层到表层的转换形式，把语言的意义与形式看成是深层与表层的转换关系。而我认为二者之间并不是深层到表层之间的转换，而是означаемое与означающее（能指与所指）之间的关系。这方面，乔姆斯基没有看到汉语的能指与所指和西方语言的不同，依旧把它看作一种transformation（转化）的结果是不对的。这一点我提出来供大家参考。

第三个问题，翻译其实是两种符号系统之间的转换问题。汉语与其他拼音文字的不同在于汉语有两种符号系统，而拼音文字只有一种符号系统，只要拼出来就可以知道其意思，用音的形式（形合）来限制意的形式（意合）。因为意的形式很活跃，掌握不住，从而用音的形式来限制它。例如俄语的第三格形式，一个词只要换成第三格形式我们就可以知道这是个第三格意义。俄语在这方面最典型，用格来表示具体意义，而汉语没有这种形式的变化。所以语言学家归纳的汉语为意合法，西方语言为形合法有一定的道理。

语言所传达出来的一个是形式，一个是思想。翻译的关键其实是思想的转换，人们的交流实质上也是思想的交流。表面上看，似乎是语言的形式——语音控制着意义，而实质上语言只是帮助意义的传达与实现，意义交流才是人们交流的主要内容。所以在造巴别塔时，上帝搞乱的不是人们的语言，而是人们的思想。假如人们之间不一样的只是语言，而思想还一致，那么翻译只需将不同语言组织到一起就可以了，而实际上并非如此。上次许汉成教授向我展示了机器翻译，机器可以直接把《毛选》大致准确地翻译成俄文。这种翻译能够实现是因为有上下文给定了『意』的限制，这也刚好说明了形合与意合之间的主要组成关系。所以主要问题还是人们思想的交换，是『意』的交换。汉语在形合与意合的问题上特别复杂。

由于形合有无限种可能，意合的可能也是无限种，所以二者排列组合，即中间那一部分更是无穷个选择。那么要控制这一部分的时候，我们就要弄清语言交流的思想。思想是本质性的，而语言只是形式性与技术性的东西。

第四个问题：我预言二十一世纪在中国要掀起一场文

明复兴，并且这次的文明复兴要比原来的复兴来得快。因为现在的社会是科技时代，电子科技高度发达，所以现代的文化传播与发展不可能再像以前那样缓慢。而我们要抓紧时间，在二十一世纪中国文明的复兴中发挥我们的作用。

英国历史学家汤因比说过：『只有当中国文化的精髓引领人类文明时，世界历史才能找到自己真正的归宿。』这句话我非常认同与欣赏，因为汤因比看到了我们中国文化的伟大与深刻内涵。我们的文化精髓理应包括十三经、《论语》、《孟子》等经典作品。但是，在所有这些内容里，我认为最重要的一点是孔孟的『明知不可为而为之』精神。诸葛亮就是这句话最典型的实践者，『明知不可为而为之』是诸葛亮最大的特点。他当时躬耕于南阳，对三分天下的局势了如指掌，明明知道曹操、孙权势力强大，刘备无法与之相争，但还是决心帮助刘备恢复汉室，『臣鞠躬尽力，死而后已；至于成败利钝，非臣之明所能逆睹也』。这句话充分体现出孔明的这种决心与坚强，而这正是中国文化的精髓。当时孔明并没有读过《论语》与《孟子》，我推测《论语》与《孟子》是从南宋朱熹之后才在大范围内流传开来的。

这里就要提我对朱熹的一点意见，我认为他很多地方篡改了孔孟原来的思想。《论语》和《孟子》记录的都是孔子、孟子及其弟子的言行。《论语》是孔子的弟子跟他一起周游列国时对孔子见闻、言行的记录以及自己的感悟。这不是自传体，而是传记体。著名社会学家，也是我的老师费孝通先生说过：自传体是自传体，传记体是传记体。所以当有人把他写的关于自己的书说成是传记体时，他就说：『不对，我自己对自己的评价属于自传，而传记是别人对我的评价。』费先生对这一点分得很清楚。而朱熹却把学生对孔子的记录看成是孔子的『语录』。

作为诗人的朱熹，我非常佩服他。他写的『半亩方塘一鉴开，天光云影共徘徊；问渠那得清如许，为有源头活水来』非常有哲理，指出做学问一定要多方面学习，要不断有活水来补充，不断地学习。对学者来说这是很主要的一个问题，一个不断学习的问题。但是作为一个思想家，他却是一个妥协者。他在整理《论语》、《孟子》等经典作品时把孔子的『明知不可为而为之』这些思想全都去掉了，只谈天理，不谈人治。这就是朱熹的要害之所在。我认为，他的问题主要受南宋的局势影响。在北宋的时候主战派和主和派各占一方，主战派的力量还是比较强大的。但是到了南宋，主战派已经几乎没有势力了，整个南宋社会都已看到宋朝即将要灭亡，所以都屈从投降。南宋当时的一批文人也大都带有这种思想，主张投降与妥协，而朱熹正是这一典型。

第五点就是我的结论，还是汤因比的那句话。这句话给了我很大的勇气和力量。这不是对中国文化鼓吹，而是汤因比根据自己的研究得出的真实感悟。德国语言学家洪堡特也曾说过：『要了解语言首先要了解中国话。』可见他对汉语给予了很高评价，他认为了解语言必须要研究汉语。从这一点来看，我们中国人必须要学习好自己的文化，要读古人的书，要直接与古人为友。同时还要相互讨论，不能完全相信古人所说，应该批判地接受。对孔夫子的话也应这样，如孔子曾说过『不孝有三，无后为大』，为了要生一个男孩而多生了多少孩子，而这给中国的人口与计划生育问题带来了不小压力。这里我要提一个人来鼓舞我们在这方面的勇气，那就是李白。李白曾说『我本楚狂人，凤歌笑孔丘』，这句话道出了他对孔丘的一种嘲弄与不满，而我们对所有这些也都可以提出评议。

现在我们需要的是现代化的科学。语言学我们要学现代的语言学，一切都要与网络信息挂上钩，不能总是囿于前人的那一套。但是，我们要学习他们的精神，而这精神的精髓就在于『明知不可为而为之』。孔明的一句『臣鞠躬尽力，死而后已』感动了一代又一代多少中国人，这是一种明知不可为而为之。我们生在这个社会，就要为这个社会作出贡献。在现在这个阶段，我们要为人民服务。只有这样，社会才能进步。不该抱怨条件不好，不能被现实条件束缚，能尽多少力量就尽多少力量，做到这点就已足够。中国必将出现第二次文明复兴。

从诗和散文的欣赏说开去

诗和散文似乎是对立的两极，其实同源而分流。日常所说的大白话不是文学作品，犹如猫、狗都会吼叫，都会眉目传情，却不能算我们所说的『文章』。

人跌倒伤筋动骨而放声痛哭是生物性的宣泄，死了亲人而哭泣是人文性的宣泄。后者才是一种文学作品。

我以为诗和散文两种文体都有两个基本属性：①有感而发；②人文性宣泄。

进一步逻辑推演，两者都是传递信息的手段——一种符号。

索绪尔说：符号有能记和所记两面，无分主次。我以为符号的能记是为所记服务的。而且一个能记能与不止一个所记相关；一个所记可以与不止一个能记相关。也就是说符号的歧义性问题。

形式主义文论家主要从能记着眼，未免忽略符号的主要方面。我们读文学作品是从能记入手，但真正欣赏却是其所记。我们说某作品好，首先是自己受了感动，其次才是作者的手笔。当然我们也欣赏大家的手笔。但如果作品感动不了我，我是再也不去注意作者的手笔了。

进一层说，我以为要很好地欣赏一个作品，读者需要进入作者所处的精神世界，或者说与作者进入同一个可能世界。偏爱『青春都一晌。忍把浮名，换了浅斟低唱』的读者，与偏爱『不破楼兰誓不还』的读者，很难成为知心之友。

追怀耿庸同志（附贾植芳同志）

我与耿庸同志相识是他在上海辞书出版社当编辑那年。我写了篇稿子投去，他给我回了一封信，把他当『胡风分子』、妻子自杀等情，竹筒倒豆子似的一粒没漏告诉我。我深受感动。

我当第七届全国人大代表那年，大概看他为人老实，为了落实宽大政策，他被选为上海政协委员，旁听人大会议。我们会后畅叙别情，交流意见，非常高兴。

第二年他被上海政协罢免了，原因是出版社有位姑娘，替刊物校对印刷错误，读耿庸的文章，佩服他的文笔，以身相许了。领导认为他引诱姑娘，品行不端，把他免职了。他也不怕，就靠写文章用笔名发表，『弄点稿费混饭吃』。

后来，我出差到上海，抽空去看他，他已神志不清，不能正常交流，不久逝世，悲夫！

贾植芳同志原本与我不熟。他是黑大同事卢康华的中学老师，卢康华喜欢提这位老师的大名，于是在反胡风运动中给他戴上『胡风分子』的帽子。

有一次我去看望耿庸同志，他说贾植芳就住在附近，领我去看他，他已老糊涂了，我们不敢久留，匆匆问候、告别。不久听说他去世了，悲夫！

追怀布多林师

布多林师是根据中苏友好同盟互助条约而来华教俄语的专家，工作单位是黑龙江大学，我当时是助教，学校领导让我跟他学习，每周一个半天，向他交一篇俄文作文，请他批改。有一次我把司空徒的《诗品》译成俄文交上，他很欣赏说：『我常听说中国是个诗歌国家，看来名不虚传。』

布师在华工作期满，乘国际列车返国，我到哈站去送他，他握住我手说：『Сиинь，Хорошо работайте. по вашей работе и обо мне судят！』

过了几年我到莫斯科大学和列宁格勒大学访学，听说布师转到东部工作。我打电话告诉他我回国日程。我回国途中，布师站在轨道边上等待握别，并送我一罐食物。车抵国门，食物不许进口，我只得把它扔掉，带回空罐，至今保存着。

又过了几年，听说布师逝世。但我心中的布多林师至今音容宛在！

怀念几位苏联友人

Прокофьев Никомай Щаиовчс是苏联文学史专家。一九九〇年七月十二日我和我的研究生易绵竹到他家拜访，蒙他热情接待。他的史学观点与当时颇有影响的Лихачёв不尽相合，互相辩论。他夫人是归俄权威学者Буслаев的孙女。二次大战时他上前线当宣传鼓动员，趁炮火暂息，他给战士讲古俄国战士的英勇故事，以鼓舞士气，很受欢迎，受领导表扬，记了一功。战场上有一名战士三次救了他生命。其中有一次敌人坦克离他只有二三十米远，那战友爬上敌人坦克，炸毁了三辆，他才免于一死。

他还给我们讲了一个十分感人的故事。有一位战士上前线时与妻子告别，背诵一首诗：『Жди меня, я вернусь.…』。从此妻子一直在家等丈夫回来。不久，军邮叩门，她以为丈夫回来了，一看却是一封阵亡通知书。她不禁大哭。

我们告别时，他知道我在翻译《伊戈尔出征记》，送给我一本旧俄古版的原作。

Тихонов А.Н. 教授是苏联词典专家。一九九〇年七月九日我去家访。他在家编词典。他说他已出版《俄语构词词典》，将出版《俄语谚语、俗语词典》，他说力争比《达里词典》还丰富。他表示愿意和我联合带研究生或来华讲学；也愿意与我合编一部学生词典。可惜后来中苏关系日益紧张，诸事作罢。

Котов Александр Варламович 和夫人 Котова 都是汉学家。丈夫帮陈昌浩编汉语词典，夫人在莫大教汉语。他们对中国特别友好。过了好多年，我访问俄罗斯远东汉语研究所，听说丈夫已病逝，夫人继续教汉语，很受学生欢迎。

Сухов А.Г. 于一九九〇年七月二十日接受国际信息科学院院长称号。我和易绵竹等四人前去祝贺。他表示愿意与黑大联合成立分院。未成。

Новиков 是俄罗斯科学院俄语研究所应用语言学研究室主任。他愿意与易绵竹合作在哈尔滨黑龙江大学开展机器翻译问题研究。未成。

Солнцев В.М. 院士和宋采娃夫人都是汉学家。他们愿意与我合作指导王松亭、赖天荣的博士论文，并愿意来黑龙江大学工作一段时间。

黑大《俄汉详解大词典》出版时，院士为我们写了一篇热情洋溢的序言。

追怀边宝骏同志

二〇一四年十月二十一日

边宝骏是我燕京大学的同学。大家都叫他老边。他是地下党员，分管新民主主义青年团的工作。我是团员，所以和他接触较多。他唱歌声音洪亮，有『洋嗓子』之称。

开国大典那天，燕大学生一清早就动身往天安门进发。老边怕大家困倦，不断领大家唱歌、呼口号。

进得城来，队伍以跑步速度奔向天安门。时间一到，毛主席、刘少奇副主席对群众讲话。毛主席最后一句是『中国人民从此站起来了！』顿时天安门广场像火山爆发一般，此起彼落：『毛主席万岁！』『中华人民共和国万岁！』

过不久，我离开燕大到哈尔滨学俄文去了。老边毕业后分配到北京市委，任彭真同志的秘书。彭真同志很信任他。当时北京没有重工业，市政收入全靠轻工业。彭真同志就让老边管轻工业。他工作卖力，得心应手，一切顺利。『文革』开始，彭真同志挨批，老边也跑不掉。他不仅不推诿，而且主动把责任往自己身上揽。他精神受刺激，得了帕金森病。我到他家去拜访过一次，送他一幅字：『落红不是无情物，化作春泥更护花。』不久接到他夫人林婉同志的信，知道他去世了。

呜呼！花已萎谢，但在人们心坎里还盛开着，像开国大典那天一样，引领人们前进！前进！

今天，容我对着照片喊一声：『永别了，老边！』